Charlotte Perkins Gilman

TERRA DAS MULHERES

TRADUÇÃO DE
Flávia Yacubian

7ª edição

Rio de Janeiro | 2020

CIP-BRASIL. CATALOGAÇÃO NA PUBLICAÇÃO
SINDICATO NACIONAL DOS EDITORES DE LIVROS, RJ

G398t

Gilman, Charlotte Perkins, 1860-1935

7ª ed. Terra das mulheres / Charlotte Perkins Gilman ; tradução Flávia Yacubian. - 7ª ed -
Rio de Janeiro : Rosa dos Tempos, 2020.

Tradução de: Herland
ISBN 978-85-01-11480-8

1. Ficção americana. I. Yacubian, Flávia. II. Título.

18-48133

CDD: 813
CDU: 821.111(73)-3

Meri Gleice Rodrigues de Souza - Bibliotecária – CRB-7/6439

Título original: *Herland*

Copyright da edição em português © 2018 por Editora Record LTDA.

Todos os direitos reservados.
É proibido reproduzir, armazenar ou transmitir partes deste livro,
através de quaisquer meios, sem prévia autorização por escrito.

Texto revisado segundo o novo Acordo Ortográfico da Língua Portuguesa.

Projeto gráfico e composição de miolo: Renata Vidal

Direitos exclusivos de publicação em língua portuguesa somente para o Brasil adquiridos pela
EDITORA ROSA DOS TEMPOS
Um selo da EDITORA RECORD LTDA.
Rua Argentina, 171 - Rio de Janeiro, RJ - 20921-380 - Tel.: (21) 2585-2000,
que se reserva a propriedade literária desta tradução.

Impresso no Brasil

ISBN 978-85-01-11480-8

Seja um leitor preferencial Record.
Cadastre-se e receba informações sobre nossos
lançamentos e nossas promoções.

Atendimento e venda direta ao leitor:
sac@record.com.br

EDITORA AFILIADA

TERRA DAS MULHERES

SUMÁRIO

PREFÁCIO p. 6

1 UMA INICIATIVA
NÃO ARTIFICIAL p. 14

2 AVANÇOS
IMPRUDENTES p. 34

3 UMA
PRISÃO
PECULIAR p. 52

4 NOSSA
OUSADIA p. 72

5 UMA
HISTÓRIA
ÚNICA p. 90

6 COMPARAÇÕES
ODIOSAS p. 110

7 NOSSA MODÉSTIA CRESCENTE   p. 128

8 AS GAROTAS DA TERRA DAS MULHERES   p. 148

9 NOSSAS RELAÇÕES E AS DELAS   p. 170

10 A RELIGIÃO DELAS E NOSSOS CASAMENTOS   p. 192

11 NOSSAS DIFICULDADES   p. 210

12 EXPULSOS   p. 232

PREFÁCIO

O século XX, especialmente a primeira metade, foi o ambiente histórico propício para a construção de ficções utópicas e distópicas. Afinal, foi o século que viu o avanço da máquina a vapor ao microchip; proporcionou as imensas mudanças culturais, econômicas e política; vivenciou a polarização entre comunismo e capitalismo, as revoluções; testemunhou o avanço científico, na cura de doenças que antes desafiavam a morte; e as guerras mais sangrentas que a humanidade já deflagrou.

Nesse contexto, resolver ou esgarçar os problemas da sociedade por meio de um esforço imaginativo era o esporte favorito de grandes escritores do período — construir milimetricamente sistemas políticos, econômicos e sociais que questionassem o atual estado das coisas.

O desafio na construção desse tipo de ficção é claro. Não existe utopia totalizante que abarque a diversidade de todas as pessoas, assim como não existe distopia em que as suas regras não agradem uma ou outra alma. O germe de uma distopia necessariamente dorme dentro de uma utopia e vice-versa, como num símbolo oriental representando o Yin e Yang. A estrutura dessas narrativas ficcionais utópicas e distópicas se torna, então, fundamentalmente falha, afinal não existe horror absoluto, assim como não existe paraíso absoluto que satisfaça a todos, o que torna Charlotte Perkins Gilman, autora de *Terra das mulheres*, uma ficcionista de coragem ao ousar tocar em um dos temas mais difíceis que o gênero literário pode abordar: a igualdade.

Como não poderia deixar de ser, *Terra das mulheres*, escrito em 1915, é uma utopia firmemente alinhada com o seu tempo, e suas limitações são claras. Para compreendermos melhor essas limitações, recorro ao filósofo italiano Norberto Bobbio. Ele elaborou duas questões pertinentes para pensarmos em igualdade. A primeira é "Igualdade entre quem?" e a segunda, "Igualdade em relação a quê?". E Charlotte Perkins Gilman é bem clara ao responder essas perguntas. Igualdade entre homens e mulheres brancos e heterossexuais, e igualdade em relação aos direitos civis nos países urbanizados e ditos de primeiro mundo.

Charlotte Perkins Gilman constrói uma história narrada em primeira pessoa por um personagem masculino, Vandyck Jennings, que em uma expedição exploratória a uma floresta tropical no hemisfério sul encontra, junto com seus companheiros, um país composto exclusivamente de cidadãs, que fundaram uma sociedade racional, asséptica e aparentemente assexuada, onde bebês nascem por geração espontânea, unicamente por meio do desejo das mulheres que lá vivem.

A escolha da autora por um narrador masculino se mostra um recurso interessante. É através de Vandyck e suas observações a respeito da perplexidade de seus camaradas, o doce Jeff e o machão Terry, que as contradições e convenções sociais arbitrárias às quais são submetidas as mulheres de seu país de origem, os Estados Unidos, são reveladas. A perplexidade das tutoras designadas para guiá-los pelo País das Mulheres, diante dos relatos do que seria uma sociedade com ambos os sexos, é palpável e mostra também a perplexidade da autora — uma mulher de família burguesa e bem-educada — diante das limitações que seu gênero impõe a ela, mesmo estando em uma posição de privilégio, educação e boas relações.

Mas nem todas as escolhas narrativas de *Terra das mulheres* são facilmente absorvidas hoje em dia, e aspectos triviais da sociedade construída por Charlotte Perkins Gilman deixariam as feministas do século XXI de cabelo em pé. O País das Mulheres é organizado como uma ampliação da vida doméstica em que a mãe é uma figura fundamental. A maternidade em si é o valor moral que organiza todas as relações, o louvor aos cuidados de puericultura, a condenação ao aborto e nenhuma menção a relações afetivas e sexuais entre as mulheres que ali vivem podem demonstrar o enorme abismo em como as feministas elaboram e pensam soluções para os problemas de desigualdade de gênero hoje e no passado, podendo a leitora questionar qual a validade de termos essa narrativa em mãos nesse momento histórico. Num exemplo recente do olhar de uma feminista contemporânea a respeito da maternidade como construção social, a autora e feminista francesa Virginie Despentes em seu livro autobiográfico, *Teoria King Kong*, pensa no estado fascista como uma mãe cuidadosa e zelosa, que, tal qual em Terra das Mulheres, não permite aos seus filhos/cidadãos o direito do risco. Mais uma vez utopia e distopia se confundem se avançarmos ou retrocedermos no tempo.

A tediosa perfeição e a ausência de sexo exasperam os homens que visitam o País das Mulheres, e provavelmente exasperariam grande parte das mulheres nascidas na segunda metade do século XX. Charlotte contrapõe a ideia do desejo masculino à própria paz e ideia de civilidade. Existe uma clara repulsa ao desejo sexual, e a beleza dos corpos está ligada à sua funcionalidade, flertando perigosamente com uma ideia higienista. No País das Mulheres, o corpo é utilitário, assexuado, pertencente ao coletivo, e são comparados aos corpos dos animais — abelhas, formigas, pássaros. Onde há desejo, há desordem, caos e perigo. Mas sendo justa, para muitas mulheres a ideia de que sexo representa risco e violações sexuais infelizmente ainda não ficou no passado. A diferença é que na utopia construída por Gilman o ser desejante é o risco, o fator desestabilizador, e não a violência em si. O casamento de Terry, companheiro de Vandyck Jennings na expedição, e Alima, uma nativa do País das Mulheres, é terrivelmente conturbado, pois é o único permeado pela ideia de desejo. E a conclusão violenta desse enlace é o que encaminha a narrativa para seu desfecho — punitivo para ele e também para ela.

Por outro lado, muitos temas aparentemente contemporâneos que começam a ser debatidos com vigor apenas hoje em dia estão colocados em Terra das Mulheres: a masculinidade tóxica, o estupro marital, a coletivização dos cuidados com as crianças. E talvez todos esses aspectos se vinculem a um dado curioso da biografia da autora: filha de um lar desfeito, abandonada pelo pai e criada com a ajuda de três tias paternas — uma sufragista, uma famosa escritora e uma educadora discípula de Maria Montessori —. Charlotte Perkins Gilman retorna ao acolhimento e ao sentimento de felicidade infantil ao ser tutelada, cuidada, formada e ensinada por um extraordinário coletivo de mulheres. É o eco dessa experiência fundadora que se materializa em *Terra das mulheres*, ela própria, autora, ousando ser ao mesmo tempo um homem explorador, uma mulher sábia e uma criança que teve seu espírito livre incentivado majoritariamente por mulheres.

A insatisfação contemporânea com as soluções apresentadas pela autora são naturais ao gênero utópico, não só pelo seu anacronismo; e se é verdade o que diz o cineasta argentino Fernando Birri, que a utopia se afasta quando nos aproximamos dela pois sua função é de nos fazer permanecer caminhando, *Terra das mulheres* cumpriu sua função em seu tempo, e ainda pode fazê-lo hoje. Lançado dois anos antes da Revolução Russa, a narrativa ousa flertar com uma ideia de socialismo utópico, sem fome, sem miséria, sem doenças, fundada principalmente na ideia do trabalho, da cidadã-trabalhadora e da cooperação, num *crossover* muito inventivo entre o comunismo e o protestantismo. Representando a consciência crítica do leitor, Van, o narrador, vive um conflito entre voltar para sua terra e usufruir dos seus privilégios em detrimento do sofrimento e desigualdade generalizados ou admitir que o País das Mulheres, apesar de sua organização asséptica, existe de maneira mais justa para todos. Pergunta muito semelhante que homens contemporâneos no campo progressista se fazem (ou deveriam se fazer) ao questionar seu próprio lugar de privilégio.

Para as mulheres modernas que vivem no século XXI um feminismo que permeia a cultura pop, o consumo e é ponta de lança de mudanças comportamentais no campo afetivo, *Terra das mulheres* se mostra uma narrativa falha, mas exatamente por isso vitoriosa em suas contradições: a sociedade exclusivamente composta de mulheres nos desafia a pensar como seria a nossa própria utopia feminista. Hoje, agora, imaginemos uma sociedade livre da opressão do patriarcado. Como ela se organizaria e o que faríamos com a liberdade conquistada? As rachaduras e os problemas insolúveis de *Terra das mulheres* são um terreno fértil que nos permite sonhar com novas utopias, assim como Charlotte Perkins Gilman ousou sonhar um dia.

Renata Corrêa

1
UMA INICIATIVA NÃO ARTIFICIAL

Infelizmente, escrevo a partir de minhas memórias. Se eu pudesse ter trazido comigo o material que preparei com tanto cuidado, esta história sairia muito diferente. Cadernos repletos de anotações, registros cuidadosamente copiados, descrições em primeira mão e imagens — estas foram a pior perda. Obtivemos panorâmicas das cidades e dos parques; muitos belos cenários de ruas, edifícios, por dentro e por fora, e alguns dos maravilhosos jardins, e, o mais importante, das próprias mulheres.

Ninguém jamais vai acreditar na aparência delas. Descrições não são o suficiente para as mulheres, e eu nunca fui bom nisso mesmo. Mas alguém tem que fazê-lo; o resto do mundo precisa saber a respeito daquele país.

Eu não conto onde fica por temer missionários autoproclamados, comerciantes ou expansionistas gananciosos por terras, que se encarregarão de entrar lá. Não serão bem-vindos, posso assegurar, e vão se sair pior do que nós se por acaso encontrarem o local.

Começou assim. Éramos três, colegas de colégio e amigos: Terry O. Nicholson (nós costumávamos chamá-lo de Velho Nick, com razão), Jeff Margrave, e eu, Vandyck Jennings.

Nós nos conhecíamos havia anos, e, apesar das diferenças, tínhamos muito em comum. Todos nos interessávamos pela ciência.

Terry era rico o suficiente para fazer o que bem entendesse. Seu maior objetivo era a exploração. Ele reclamava muito por não haver mais nada para explorar, apenas restava o trabalho de "corte e costura", é o que ele dizia. E ele fazia isso muito bem — era muito talentoso —, muito bom com mecânica e elétrica. Era dono de todos os tipos de embarcações e automóveis, e um dos nossos melhores aviadores.

Nunca teríamos conseguido sem Terry.

Jeff Margrave nasceu para ser poeta ou botânico — ou ambos —, mas os pais o convenceram a se tornar médico. Era um bom médico para a idade, mas seu interesse real era o que ele adorava chamar de "maravilhas da ciência".

Quanto a mim, sou formado em sociologia. É preciso completá-la com muitas outras ciências, é claro, e eu me interesso por todas.

Terry era bom com fatos — geografia e meteorologia e que tais; Jeff o derrotaria a qualquer momento na biologia, e eu não me importava com o assunto da conversa, contanto que, de alguma forma, se conectasse com a vida humana. Há poucas coisas que não se relacionam.

Nós três tivemos a chance de nos juntarmos a uma grande expedição científica. Eles precisavam de um médico, e isso deu a Jeff a desculpa para largar o consultório recém-inaugurado; precisavam da experiência, das máquinas e do dinheiro de Terry, e, quanto a mim, entrei graças à influência de Terry.

A expedição seguiu em meio a milhares de tributários e no enorme remanso de um grande rio, de onde ainda não se tinham mapas, cujos dialetos selvagens não foram estudados, e no qual se esperava encontrar todo tipo de flora e fauna estranhas.

Mas esta história não é a respeito da expedição. Ela foi apenas o começo.

Meu interesse foi aguçado pela conversa entre os guias. Sou rápido em aprender línguas, conheço várias e imediatamente capto seu sentido. Com isso e o ótimo intérprete que levamos, aprendi várias lendas e mitos populares das tribos dispersas.

E, conforme avançávamos rio acima, em um emaranhado sombrio de flumens, lagos, pântanos e florestas densas, aqui e ali um comprido pico inesperado emergindo das grandes montanhas além, notei cada vez mais que os selvagens contavam uma história sobre uma estranha e terrível Terra das Mulheres, no alto.

"Lá no alto", "Ali em cima", "Bem para lá" — eram as únicas direções que foram capazes de dar, mas as lendas concordavam em um ponto: havia um estranho país sem homens, onde viviam apenas mulheres e meninas.

Nenhum deles jamais o vira. Era perigoso, mortal, diziam, para qualquer homem. Mas havia histórias, muito antigas, de quando um explorador corajoso o viu — País Grande, Casas Grandes, Muita Gente. Apenas mulheres.

Ninguém mais foi? Sim, muitos, mas nunca voltaram. Não era lugar para homens — disso tinham certeza.

Contei essas histórias aos rapazes, e eles riram delas. Naturalmente, eu também. Sabia do que eram feitos os sonhos dos selvagens.

Mas quando alcançamos nosso ponto mais distante, um dia antes de termos de dar meia-volta e seguir para casa, como as melhores expedições sempre precisam fazer, nós três fizemos uma descoberta.

O acampamento principal ficava sobre um pontal do rio mais importante, ou do que pensávamos ser tal rio. Tinha a mesma cor lamacenta que víamos havia semanas, o mesmo sabor.

Eu tinha conversado sobre o rio com o último guia, um homem superior, com olhos sagazes.

Ele me contou que havia outro — "ali, rio pequeno, água doce, vermelho e azul".

Eu fiquei interessado e ansioso por saber se tinha entendido, então lhe mostrei um lápis vermelho e azul que carregava e perguntei outra vez.

Sim, ele apontou para o rio, e depois na direção sudoeste.

— Rio, água boa, vermelho e azul.

Terry estava por perto e se interessou pelo que o sujeito estava apontando.

— O que ele está dizendo, Van?

Eu contei.

Terry se animou imediatamente.

— Pergunte se fica longe.

O homem indicou uma jornada curta; calculei em torno de duas horas, talvez três.

— Vamos — insistiu Terry. — Só nós três. Talvez possamos encontrar algo de verdade. Talvez cinabre.

— Talvez índigo — sugeriu Jeff, com seu sorriso preguiçoso.

Ainda era cedo; acabáramos de comer o café da manhã, deixamos recado de que estaríamos de volta antes do anoitecer e saímos discretamente, temendo sermos taxados de ingênuos, caso fracassássemos. Em segredo, desejávamos fazer uma descoberta interessante sozinhos.

Foram longas duas horas, quase três. Suponho que, sozinho, o selvagem pudesse caminhar muito mais rápido. Havia um emaranhado intenso de árvores e água, e um trecho pantanoso que nunca teríamos encontrado sem ajuda. Mas o caminho existia, e vi Terry, com compasso e caderno, anotando direções e tentando estabelecer pontos de referência.

Após um tempo, alcançamos uma espécie de lago pantanoso, muito grande, de tal modo que a floresta ao redor parecia baixa e sombria. O guia nos contou que barcos podiam atravessar de lá até o nosso acampamento — mas "caminho longo, o dia todo".

Essa água era de certa forma mais límpida do que a que havíamos deixado para trás, mas não era possível julgar tão bem a partir da margem. Ladeamos por mais ou menos meia hora, e o terreno se tornava mais firme conforme avançávamos. Pouco depois, contornamos o promontório cheio de árvores e vimos uma paisagem muito diferente — uma vista repentina de montanhas, íngremes e descobertas.

— Um desses longos picos orientais — comentou Terry, avaliando. — Pode ter centenas de quilômetros de extensão. Eles brotam assim.

Deixamos o lago para trás e caminhamos na direção dos cumes. Ouvimos a água corrente antes de alcançá-la, e o guia apontou orgulhosamente para seu rio.

Era pequeno. Podíamos ver que descia em uma catarata estreita a partir de uma abertura na face do penhasco. A água era doce. O guia bebeu avidamente e nós também.

— É água de neve — anunciou Terry. — Deve vir detrás das montanhas.

Quanto a ser vermelha e azul, estava mais para esverdeada. O guia não pareceu nem um pouco surpreso. Ele explorou um pouco o entorno e nos mostrou uma piscina marginal, calma, onde havia manchas de vermelho na borda; sim, e de azul.

Terry pegou sua lente de aumento e se agachou para investigar.

— Produtos químicos de algum tipo... Não sei avaliar quais no momento. Para mim, parecem tinturas. Vamos nos aprochegar — chamou — ali da cascata.

Caminhamos com dificuldade ao longo do barranco íngreme e nos aproximamos da piscina que espumava e borbulhava sob a queda-d'água. Ali, averiguamos a margem e encontramos traços de cor indubitáveis. Além disso, Jeff de repente alçou um troféu inesperado.

Era apenas um trapo; um fragmento de tecido comprido e torcido. Mas se tratava de um pano bem tecido, com estampa, e de um escarlate nítido, que a água não havia esmaecido. Não conhecíamos tribo selvagem alguma que confeccionasse esse tipo de material.

O guia ficou parado serenamente no barranco, satisfeito com a nossa agitação.

— Um dia azul, um dia vermelho, um dia verde — ele nos contou, e puxou do bolso uma tira de tecido colorido. — Venham — apontou para a catarata. — País de Mulher, ali em cima.

Então nos interessamos. Descansamos e almoçamos ali mesmo, e cutucamos o homem para mais informações. Ele apenas podia repetir o que outros já tinham dito. Uma terra de mulheres, sem homens, bebezinhas, mas apenas meninas. Não era lugar para homens, perigoso. Alguns tinham ido ver, nenhum voltou.

Percebi o maxilar de Terry cerrar ao ouvir isso. Não era lugar para homens? Perigoso? Ele parecia prestes a subir catarata acima. Mas o guia não queria saber de subir, mesmo se houvesse uma maneira de escalar o cume estreito. E precisávamos voltar para o nosso grupo antes de anoitecer.

— Eles poderiam ficar, se avisássemos — sugeri.

Mas Terry teve uma ideia.

— Vejam bem, rapazes. Esta é nossa descoberta. Não vamos contar a esses velhos professores orgulhosos. Vamos para casa com eles e depois voltamos, somente nós, em uma expediçãozinha só nossa.

Olhamos para ele, muito impressionados. Havia algo de atraente num grupo de jovens independentes, descobrindo um país inexplorado de natureza exclusiva das amazonas.[1]

Claro que não acreditávamos na história, mas ainda assim!

— As tribos locais não produzem esse tipo de pano — anunciei ao analisar os trapos com muito cuidado. — Em algum lugar além, alguém tece e tinge, como nós.

— Isso significaria uma civilização considerável, Van. Não pode haver um tal lugar, desconhecido.

— Oh, bem, eu não sei. Como é aquela velha república nos Pirineus? Andorra? Pouquíssimas pessoas sabem a respeito, e há milênios eles cuidam de si. E Montenegro, esse pequeno Estado esplêndido... é possível espalhar uma dúzia de Montenegros nessa cordilheira.

Discutimos ardentemente no caminho todo até o acampamento. Discutimos com cuidado e discretamente na viagem para casa. Discutimos depois, apenas entre nós, enquanto Terry fazia os arranjos.

---

[1] Nota do editor: No original, "Amazonian nature".

Ele estava empolgado a respeito. Felizmente tinha muito dinheiro — sem isso talvez tivéssemos que implorar e divulgar por anos antes de poder começar a expedição, e depois viraria diversão pública, um passatempo para os jornais.

Mas T. O. Nicholson podia arrumar seu grande barco a vapor, colocar sua lancha a bordo e enfiar ali um biplano "desmontado" sem mais notícia do que uma notinha na coluna social.

Tínhamos provisões, medicamentos e toda espécie de suprimentos. A experiência dele veio a calhar. Era um equipamento completo.

Deixaríamos o barco em um porto seguro próximo e depois subiríamos numa embarcação motorizada o rio sem fim, apenas nós três e um piloto; depois, deixaríamos o piloto na última parada da expedição anterior, e exploraríamos o rio de água límpida sozinhos.

Deixaríamos a embarcação ancorada no amplo lago raso, protegido sob um casco feito sob medida, fino, porém, forte, fechado como uma concha.

— Os nativos não conseguirão abri-lo, quebrá-lo ou movê-lo — explicou Terry, orgulhoso. — Vamos voar a partir do lago e deixar o barco como base para voltarmos.

— Se voltarmos — sugeri em tom de piada.

— Com medo de virar jantar das senhoras? — zombou ele.

— Não sabemos nada das senhoras — falou Jeff pausadamente. — Pode haver um contingente de cavalheiros com flechas envenenadas ou algo assim.

— Você não precisa ir se não quiser — afirmou Terry secamente.

— Ir? Você precisará de uma ordem judicial para me impedir! — Jeff e eu não titubeamos.

Mas tivemos diferenças de opinião ao longo de todo o caminho.

Uma viagem oceânica é um momento excelente para discussões. Agora não havia ninguém para espionar e podíamos relaxar nas cadeiras do deque e falar sem parar — não havia mais nada a fazer. A falta absoluta de fatos apenas ampliava o campo de discussão.

— Vamos deixar documentos com o cônsul com a localização do barco — planejou Terry. — Se não voltarmos, digamos, em um mês, podem enviar o resgate para nos procurar.

— Uma expedição punitiva — acrescentei. — Se as senhoras nos comerem, haverá represálias.

— Podem localizar o último ponto de parada com facilidade, e fiz uma espécie de mapa do lago, da montanha e da cachoeira.

— Sim, mas como eles vão subir? — quis saber Jeff.

— Do mesmo modo que nós, é claro. Se três cidadãos americanos valiosos estão perdidos ali em cima, vão nos seguir de alguma forma, sem mencionar os atrativos dessa bela região... vamos chamá-la de "Feminisia" — e ele se calou.

— Você tem razão, Terry. Quando a história for divulgada, o rio ficará repleto de expedições, e aeronaves vão voar feito enxame de mosquitos. — Eu ri ao pensar. — Cometemos um grande erro ao não permitir que a imprensa marrom ficasse sabendo. Salvem-nos! Que manchete!

— Não mesmo! — disse Terry sombriamente. — Esta é a nossa expedição. Vamos encontrar esse lugar sozinhos.

— O que você vai fazer a respeito quando achá-lo? Se encontrar? — perguntou Jeff em voz baixa.

Jeff era uma alma gentil. Acho que ele pensava no país (se houvesse um) desabrochando em rosas, bebês, canários e delicadezas, e todo esse tipo de coisa.

E Terry, no fundo do coração, tinha visões de um veraneio sublime — apenas Garotas, Garotas e Garotas. E ele seria... bem, Terry era popular entre as mulheres mesmo com outros homens por perto, e não é de se estranhar que ele tivesse sonhos agradáveis com o que poderia acontecer. Eu podia ver nos olhos dele, deitado ali, fitando os rolieiros azuis voando, e acariciando o bigode impressionante.

Mas eu pensava, na época, ser capaz de ter uma ideia mais clara do que nos aguardava.

— Vocês estão errados, rapazes — insisti. — Se tal lugar existe, e parece haver motivo para acreditar que sim, vamos ver que é alicerçado sobre uma espécie de princípio matriarcal, só isso. Os homens têm um culto separado, menos desenvolvido socialmente que as mulheres, e fazem visitas anuais, uma espécie de convite de acasalamento. Isso é uma condição que sabemos já ter existido, aqui é apenas questão de sobrevivência. Vivem em algum tipo de vale ou planalto peculiar e isolado, lá em cima, e esses costumes primevos sobreviveram. Apenas isso.

— E os garotos? — perguntou Jeff.

— Oh, os homens os levam embora assim que fazem cinco ou seis anos.

— E a questão do perigo, de que nossos guias tinham tanta certeza?

— Perigoso sim, Terry, e teremos de ter muito cuidado. Mulheres nesse nível cultural são bem capazes de se defender e não recebem visitantes fora de época muito bem.

Conversamos e conversamos.

E com toda a minha afetação de superioridade sociológica, eu estava tão longe da realidade quanto eles.

É engraçado, sob a luz do que encontramos, essas nossas ideias claras sobre como seria um país de mulheres. Não adiantava dizer a nós mesmos e um ao outro que tudo isso era especulação ociosa. Estávamos ociosos e especulávamos, na viagem pelo mar, e pelo rio também.

— Admitindo o improvável — começávamos solenemente, e depois entrávamos na discussão outra vez.

— Elas brigariam entre si — insistiu Terry. — Sempre brigam. Não vamos encontrar espécie alguma de ordem ou organização.

— Está totalmente errado — retrucou Jeff. — Será como um convento sob a direção de uma abadessa, uma irmandade pacífica e harmoniosa.

Eu escarneci da ideia.

— Freiras, claro! Suas irmandades pacíficas são todas celibatárias, Jeff, e sob votos de obediência. Essas são apenas mulheres, e mães; onde há maternidade não há irmandade... não muita.

— Não, senhor... elas vão brigar — concordou Terry. — E também não devemos esperar invenções e progresso; será terrivelmente primitivo.

— E o tear? — lembrou Jeff.

— Ah, tecido! Mulheres sempre foram tecelãs. Mas param por aí... você verá!

Zombamos da impressão de Terry de que seria bem recebido, mas ele permaneceu firme.

— Vocês verão — insistiu ele. — Vou fazer amizade com todas e jogar um grupo contra o outro. Serei eleito rei rapidamente. Ufa! Salomão vai ficar para trás!

— E onde nós entramos nessa? — questionei. — Seremos vizires ou algo assim?

— Não posso arriscar — assentiu ele, solene. — Vocês podem iniciar uma revolução... Provavelmente o farão. Não, precisarão ser decapitados ou enforcados, qualquer que seja o método de execução mais popular.

— Você teria de fazer com as próprias mãos, lembre-se — Jeff sorriu. — Não há escravos negros robustos, nem mamelucos! E seremos nós dois contra você, certo, Van?

As ideias de Jeff e Terry eram tão distintas que às vezes isso era a única coisa que eu podia fazer para manter a paz.

Jeff idealizava mulheres ao melhor estilo sulino. Cheio de cavalheirismos e sentimentos, e tudo o mais. E era um bom rapaz, mantinha seus ideais.

Pode-se dizer o mesmo de Terry, se pudéssemos chamar sua visão sobre as mulheres de ideais. Sempre gostei de Terry. Ele era um homem de verdade, generoso, corajoso e inteligente, mas não creio que na época da faculdade teríamos gostado de vê-lo com uma de nossas irmãs. Não éramos rigorosos, nada disso! Mas Terry era "o limite". Mais tarde... bem, é claro, a vida de um homem pertence a ele, nós o ajudávamos sem fazer perguntas.

Mas talvez com a possível exceção em favor de uma factível esposa ou da própria mãe, e, claro, as parentes dos amigos, a ideia de Terry parecia ser a de que mulheres bonitas eram apenas um jogo, e as sem graça não valiam nem consideração.

Algumas de suas ideias eram realmente desagradáveis.

Mas perdi a paciência com Jeff também. Ele via as mulheres com halos rosados. Eu ficava no meio-termo, altamente científico, é claro, e discutia argutamente sobre as limitações fisiológicas do sexo.

Não éramos nem um pouco "avançados" na questão feminina, nenhum de nós, à época.

Então brincávamos, discutíamos e especulávamos, e após uma jornada interminável, chegamos, enfim, ao nosso antigo local de acampamento.

Não foi difícil encontrar o rio, apontando logo ao lado até chegarmos nele, e no limite do lago era navegável.

Quando o alcançamos e deslizamos sobre seu seio amplo e brilhante, com todo aquele promontório alto e cinza acima de nós e a queda-d'água reta e branca, claramente visível, tudo começou a ficar realmente empolgante.

Discutimos, então, sobre ladearmos o paredão em busca de uma possível subida a pé, mas a selva pantanosa fez a opção parecer difícil e perigosa.

Terry rejeitou o plano veementemente.

— Absurdo, companheiros! Já está decidido. Pode levar meses e não temos provisões para tal. Não, senhor, precisamos arriscar. Se voltarmos sãos e salvos... tudo certo. Se não, oras, não seremos os primeiros exploradores a nos perdermos na barafunda. Há muitos para vir nos procurar.

Então montamos o grande biplano e o carregamos com nossa bagagem cientificamente condensada: a câmera, é claro; os binóculos; um suprimento de comida desidratada. Nossos bolsos eram verdadeiros armarinhos, e obviamente pegamos nossas armas — não era possível saber o que poderia acontecer.

Voamos rio acima, muito acima, para entender e registrar o "arranjo da terra".

Para fora daquele mar verde-escuro de densa floresta, subia de forma íngreme um pico chamativo. Aparentemente ele conduzia, de ambos os lados, aos cimos nevados à distância, provavelmente também inacessíveis.

— Vamos fazer uma primeira viagem geográfica — sugeri. — Observar o terreno, e depois voltar para abastecer com mais gasolina. Com essa velocidade tremenda, podemos alcançar a serra e voltar sem problemas. Então deixaremos um mapa a bordo... para a equipe de resgate.

— Faz sentido — concordou Terry. — Eu atraso meu reinado na Terra das Damas por mais um dia.

Então fizemos uma longa viagem ladeando, viramos na ponta do cabo próximo, subimos um lado do triângulo em velocidade máxima, cruzamos a base onde ela deixava as montanhas mais altas, e depois voltamos para o nosso lago sob a luz da lua.

— Nada mal esse reinozinho — concordamos depois de o desenharmos e medirmos grosseiramente. Podíamos saber o tamanho com alguma precisão por conta da velocidade. E pelo que podíamos ver pelos lados — e pela serrania gelada na extremidade.

— Um selvagem muito aventureiro conseguiria entrar ali — disse Jeff.

Claro que olhamos para a terra, ávidos, mas estávamos alto demais e muito rápido para enxergar alguma coisa. Parecia ter vegetação bem densa nas beiradas, mas no interior viam-se planícies amplas, e, por toda parte, prados e áreas abertas, como parques.

Eu insistia que havia cidades também. Parecia... bem, parecia como qualquer outro país — um civilizado, claro.

Precisávamos dormir depois daquela longa varredura pelo ar, mas acordamos cedo no dia seguinte, e mais uma vez levantamos suavemente pelas alturas até superar as copas das árvores e ver a bela terra a nosso bel-prazer.

— Semitropical. Parece um clima de primeira. É maravilhoso o quanto um pouco de altura contribui para a temperatura. — Terry estudava a vegetação da floresta.

— Um pouco de altura! É isso que chama de pouco? — perguntei. Nossos instrumentos mediam claramente. Talvez não tivéssemos notado a longa e suave subida a partir da costa.

— Pedaço de terra bem sortudo, eu diria — continuou Terry. — Agora, o povo... chega de paisagem.

Então planamos baixo, cruzando de lá para cá, fracionando o país, estudando-o. Vimos — não sei dizer agora o quanto disso percebemos e quanto foi suplementado por nosso conhecimento posterior, mas não era possível deixar de ver tanto, mesmo num dia tão agitado — uma terra em estado de lavoura perfeita, onde até mesmo as florestas pareciam cultivadas; uma terra que parecia um parque enorme, ou ainda um jardim.

— Não vejo rebanho algum — acrescentei, mas Terry ficou em silêncio. Estávamos nos aproximando do vilarejo.

Confesso que não demos muita atenção às estradas limpas e bem construídas, à arquitetura atraente, à beleza ordeira da cidadezinha. Pegamos os binóculos; até mesmo Terry, direcionando sua máquina para um planeio em espiral, grudou as lentes aos olhos.

Ouviram nosso zumbido. Correram para fora das casas — reuniram-se nos campos, vultos leves correndo rápido, um monte deles. Ficamos olhando até que quase fosse tarde demais para pegar nas alavancas, empurrá-las e subir novamente; então ficamos quietos para uma longa subida.

— Nossa! — exclamou Terry depois de um tempo.

— Só mulheres... e crianças — acrescentou Jeff, agitado.

— Mas parecem... oras, é um país *civilizado*! — protestei. — Deve haver homens.

— Claro que há homens — disse Terry. — Vamos lá, encontrá-los.

Ele se recusou a escutar a sugestão de Jeff de examinarmos o país, antes de arriscarmos deixar a máquina.

— Há um ótimo lugar para pouso ali, de onde viemos — insistiu ele, e era mesmo excelente: uma pedreira ampla e lisa, sobrepondo-se ao lago, bem fora da vista do interior.

— Não nos encontrarão às pressas — garantiu ele, enquanto fazíamos um esforço para descer em segurança. — Venham, rapazes... havia umas bonitonas naquele grupo.

Claro que não foi sábio da nossa parte.

Em retrospecto, era bem fácil perceber que o plano ideal teria sido estudar melhor o país antes de deixarmos nosso aeroplano e nos confiarmos apenas aos nossos pés. Mas éramos três jovens. Falávamos desse país havia mais de um ano, mal acreditando que pudesse existir, e, então... lá estávamos.

Parecia seguro e civilizado o suficiente, e dentre aquela multidão de rostos voltados para cima, embora alguns estivessem petrificados, havia grande beleza — e nisso concordamos.

— Vamos lá! — gritou Terry, avançando. — Oras, vamos lá! Vamos para a Terra das Mulheres!

2 AVANÇOS IMPRUDENTES

Calculamos não mais de 15 ou 20 quilômetros da nossa pedra de pouso até aquela última vila. Apesar do nosso anseio, pensamos que seria mais sábio ir pela mata e com cuidado.

Até o ardor de Terry estava controlado pela convicção firme de que haveria homens, e garantimos que cada um carregasse um bom estoque de cartuchos.

— Podem ser poucos, e podem estar escondidos... uma espécie de matriarcado, como diz o Jeff; portanto, podem morar nas montanhas longínquas e manter as mulheres nesta parte do país... um tipo de harém nacional! Mas há homens em algum lugar... não viram os bebês?

Tínhamos visto bebês, crianças pequenas e grandes, em toda parte da qual chegamos perto o suficiente para distinguir pessoas. E embora pelas vestes não pudéssemos ter certeza a respeito dos adultos, não houve indicação clara de homem algum.

— Sempre gostei daquele ditado árabe: "primeiro amarre o camelo, depois, confie no Senhor" — murmurou Jeff;

estávamos todos de armas em punho, andando cautelosamente pela floresta. Terry a estudava conforme avançávamos.

— E por falar em civilização — gritou ele à meia-voz, num entusiasmo contido. — Nunca vi floresta tão bem-cuidada, nem mesmo na Alemanha. Olhem, não há um ramo morto. Na verdade, as ramas estão modeladas! E vejam aqui... — Ele parou e olhou em volta, chamando a atenção de Jeff para os tipos de árvores.

Eles me deixaram como ponto de referência e fizeram uma breve excursão de cada lado.

— Praticamente todas frutíferas — anunciaram ao retornar. — O restante é madeira de lei esplêndida. Chamam isso de floresta? É uma fazenda!

— Que bom ter um botânico à disposição — concordei. — Certamente há alguma medicinal? Ou simplesmente ornamental?

Na verdade, eles tinham razão. Essas árvores altaneiras eram cuidadosamente cultivadas, como uma horta. Em outras condições, deveríamos ter encontrado a mata repleta de belas silvicultoras e coletoras; mas uma aeronave é um objeto conspícuo e nada silencioso — e mulheres são cautelosas.

Tudo que encontramos se movendo naquela floresta, conforme adentrávamos, foram pássaros, alguns belos, outros musicais, todos tão mansos que pareciam quase contradizer nossa teoria do cultivo — pelo menos, até nos depararmos com ocasionais clareiras, onde assentos de pedra entalhados e mesas estavam posicionados sob a sombra ao lado de fontes límpidas, com banheiras rasas de pássaros.

— Não matam pássaros, e aparentemente matam gatos — declarou Terry. — *Certamente* há homens aqui. Escutem!

Ouvimos algo: nada semelhante a um canto de pássaro, e muito mais como uma risada suprimida — um som alegre, imediatamente sufocado. Ficamos parados como cães de caça, depois pegamos os binóculos com rapidez e cuidado.

— Não deve ter sido longe — disse Terry animadamente.

— Que tal esta árvore grande?

Havia uma árvore linda e imensa na clareira em que havíamos acabado de entrar, com galhos grossos e esparramados, que se inclinavam como leques sobrepostos, como faias ou pinheiros. Estava podada na parte de baixo, por volta de seis metros acima, como um guarda-sol enorme, debaixo do qual colocaram assentos em círculo.

— Vejam — continuou ele —, há tocos de galho servindo de escada. Há alguém lá em cima, creio.

Aproximamo-nos cautelosamente.

— Cuidado com flechas envenenadas no olho — sugeri, mas Terry seguiu em frente, saltou no encosto do assento e agarrou-se ao tronco.

— No meu coração, mais provavelmente — respondeu ele.

— Nossa! Olhem, rapazes!

Corremos para mais perto e olhamos para cima. Ali, entre os ramos, havia algo — mais do que um — pendurado e imóvel, próximo do enorme tronco no começo, e então, ao mesmo tempo, quando começamos a subir na árvore, três vultos ágeis se separaram e moveram-se para cima. Conforme escalávamos podíamos vislumbrar as criaturas se espalhando acima de nós. Quando chegamos no mais alto que três homens ousariam, elas haviam largado o tronco e se deslocado para fora, cada uma equilibrada em um ramo longo que afundava e balançava sob seu peso.

Pausamos, incertos. Se continuássemos, os ramos quebrariam sob o peso duplicado. Poderíamos chacoalhar, mas nenhum de nós quis fazê-lo. Sob a luz suave e mosqueada daquela região, sem fôlego por conta da subida rápida, descansamos um pouco, ansiosos por estudar os objetos da nossa perseguição; enquanto eles, por sua vez, sem mais terror do que um bando de crianças alegres brincando de pega, sentavam-se delicadamente como grandes pássaros coloridos, precariamente empoleirados, e, abertamente curiosos, nos encaravam.

— Meninas! — sussurrou Jeff, entre dentes, como se elas pudessem voar se ele falasse mais alto.

— Pêssegos! — acrescentou Terry, levemente mais alto. — Nectarinas! Ufa!

Eram meninas, claro, nenhum menino jamais teria aquela beleza radiante, e, no entanto, nenhum de nós teve muita certeza a princípio.

Víamos cabelo curto, sem chapéu, solto e brilhante; uma roupa de algum material rígido, porém, leve, algo entre uma túnica e culotes, combinada com polainas. Coloridas e lisas como papagaios, e como eles, inconscientes do perigo, elas se balançavam diante de nós, totalmente à vontade, e nos encaravam enquanto nós as observávamos, até que uma primeira, e depois todas caíram numa gargalhada deliciosa.

Então ouvimos uma torrente de conversa baixa; nada de cadência selvagem, mas linguagem clara e musical.

Recebemos a risada cordialmente, e tiramos o chapéu para elas, diante do que elas riram outra vez, encantadas.

Então Terry, totalmente à vontade, proferiu um discurso educado, com gestos explanatórios, e procedeu a nos apresentar, apontando.

— Sr. Jeff Margrave — disse claramente; Jeff curvou-se tão graciosamente quanto poderia na bifurcação de um grande galho. — Sr. Vandyck Jennings. — Também tentei fazer uma saudação efetiva e quase perdi o equilíbrio.

Em seguida, Terry pousou a mão sobre o peito — e ele tinha um belo peito também —, e se apresentou; ele se preparou cuidadosamente para a ocasião e realizou uma reverência excelente.

Novamente elas riram com delicadeza, e a mais próxima seguiu o exemplo.

— Celis — disse distintamente, apontando para a de azul. — Alima. — A de rosa; então, numa imitação vívida do gesto impressionante de Terry, ela deixou a mão delicada e firme sobre o gibão verde e dourado: — Ellador. — Foi agradável, mas não nos aproximamos.

— Não podemos ficar aqui e aprender a língua — protestou Terry.

Ele fez um gesto para que se aproximassem, muito charmoso, mas elas balançaram a cabeça alegremente. Terry sugeriu, por sinais, que descêssemos todos juntos; mas novamente elas balançaram a cabeça enfaticamente. Então Ellador indicou com clareza que nós deveríamos descer, apontando para cada um de nós, com firmeza distinta; e mais além, parecia insinuar por um gesto do braço ágil que não apenas descêssemos, mas que o fizéssemos juntos — ao que, por nossa vez, balançamos a cabeça.

— Precisamos usar isca — sorriu Terry. — Não sei quanto a vocês, rapazes, mas eu vim preparado. — Ele pescou do bolso interno uma caixinha de veludo roxo, que se abria com um estalo, e de lá retirou um objeto comprido e brilhante, um colar de pedras grandes multicoloridas, que valeria um milhão, se fosse real. Ele o ergueu, balançou, reluzindo sob o sol, e ofereceu à primeira, depois, à outra, apresentando-o o mais longe que seu braço alcançava para a garota mais próxima. Ele permaneceu agarrado à forquilha, segurando firmemente com uma das mãos — a outra balançava a tentação colorida, esticada bem ao longo do galho, mas não totalmente dentro de sua capacidade.

Ela ficou visivelmente emocionada, notei, hesitou, conversou com as companheiras. Papearam baixinho, uma evidentemente alertando-a, a outra encorajando. Depois, suave e lentamente, ela se aproximou. Era Alima, uma rapariga alta, de membros compridos, bem constituída e evidentemente forte e ágil. Os olhos dela eram esplêndidos, grandes, destemidos, tão livres de suspeita quanto uma criança que nunca tivesse sido censurada. Seu interesse era mais o de um garoto jogando um jogo fascinante do que o de uma menina atraída pelo ornamento.

As outras se moveram um pouco mais para longe, segurando firme, observando. O sorriso de Terry era irreprochável, mas não gostei do seu olhar — era como o de uma criatura prestes a dar o bote. Eu já conseguia ver — o colar caindo, o aperto súbito da mão, o grito agudo da garota enquanto ele a agarrava e a trazia para perto. Mas não aconteceu. Ela fez um gesto tímido com a mão direita para o objeto pendente — ele o aproximou um pouco mais —, e então, rápida como a luz, ela o tirou dele com a mão esquerda, e no mesmo instante desceu para o galho abaixo.

Ele tentou agarrá-la, em vão, quase caindo quando a mão apertou o ar; em seguida, com rapidez inconcebível, as três criaturas coloridas sumiram. Elas pularam da ponta dos galhos grandes para aqueles abaixo, se jogando da árvore, enquanto nós descíamos o mais rápido que podíamos. Ouvimos a risada alegre desaparecer, vimos a fuga pelos recantos da floresta, e saímos atrás, mas era como ter caçado antílopes selvagens; paramos um tempo depois, quase sem fôlego.

— Não adianta — arfou Terry. — Elas se safaram. Com certeza! Os homens desta terra devem ser bons corredores!

— Habitantes evidentemente arbóreos — sugeri severamente. — Civilizados e ainda arbóreos... gente peculiar.

— Não devia ter tentado desse modo — reclamou Jeff. — Eram amigáveis; agora nós as assustamos.

Mas não adiantava reclamar, e Terry recusou-se a admitir qualquer erro.

— Bobagem — disse ele. — Elas esperavam por isso. Mulheres gostam que corram atrás delas. Venham, vamos para a cidade; talvez as encontremos lá. Vamos ver, era nessa direção, perto da mata, se me lembro bem.

Quando alcançamos a fronteira com o campo aberto, inspecionamos com os binóculos. Ali estava, a cerca de seis quilômetros, a mesma cidade, concluímos. A não ser que, sugeriu Jeff, todas tivessem casas cor-de-rosa. Os amplos gramados verdes e hortas cultivadas com cuidado se expandiam a nossos pés, um talude tranquilo, com boas estradas curvando-se agradavelmente aqui e ali, e trilhas estreitas nas laterais.

— Olhe lá! — gritou Jeff de repente. — Lá vão elas!

Sim, perto da cidade, do outro lado de um prado amplo, três vultos bem coloridos corriam agilmente.

— Como puderam ir tão longe em tão pouco tempo? Não devem ser as mesmas — argumentei. Mas com os binóculos pudemos identificar nossas três belas escaladoras de árvores bem distintamente, pelo menos, a partir das vestimentas.

Terry as observou, nós todos as observamos, até que desapareceram entre as casas. Então ele abaixou os binóculos e se virou para nós, inspirando profundamente.

— Caramba, rapazes... que meninas lindas! Escalando assim! Correndo assim! Sem medo de nada. Este país combina comigo. Vamos em frente.

— Quem não arrisca, não petisca — sugeri, mas Terry escolheu: — Os fracos não conquistam as damas.

Seguimos andando a céu aberto, rapidamente.

— Se houver algum homem, melhor ficarmos atentos — opinei, mas Jeff parecia perdido em sonhos paradisíacos, e Terry, absorto em planos altamente práticos.

— Que rua perfeita! Que país celestial! Observem as flores!

Esse era Jeff, sempre o entusiasta; mas podíamos concordar plenamente.

A rua era pavimentada com algum material resistente, levemente inclinada para escoar a água da chuva, com cada curva, nível e sarjeta perfeitos, como as melhores da Europa.

— Sem homens? Sei — zombou Terry.

De cada lado, uma dupla fileira de árvores sombreava a calçada; entre os arbustos ou videiras, todos frutíferos, apareciam às vezes bancos e pequenas fontes de água nas margens; por todo lado viam-se flores.

— Melhor importarmos algumas dessas senhoras e as colocarmos para cuidar dos Estados Unidos — sugeri. — Que belo lugar elas têm aqui.

Descansamos um pouco perto de uma fonte, experimentamos uma fruta que parecia madura, e continuamos, impressionados, apesar da nossa bravata galhofeira, pelo sentimento de potência discreta que se depositava sobre nós.

Havia ali evidentemente um povo altamente qualificado, eficiente, que cuidava de seu país como um florista cuida da sua orquídea mais valiosa. Sob o azul-claro suave do céu limpo, sob a sombra agradável daquela infindável fileira de árvores, andamos incólumes, o silêncio plácido quebrado apenas pelos pássaros.

Logo apresentou-se para nós ao pé de um alto morro, a cidade ou vilarejo que buscávamos. Paramos para estudá-la.

Jeff respirou fundo.

— Eu não teria acreditado que um punhado de casas pudesse ser tão aprazível — disse ele.

— Eles têm muitos arquitetos e paisagistas, certamente — concordou Terry.

Eu também estava impressionado. Veja, sou da Califórnia, e não há um interior mais belo, mas no quesito cidades...! Em casa, muitas vezes resmunguei ao ver aquela bagunça ofensiva que o homem fez diante da natureza, embora eu não seja um expert em arte como Jeff. Mas aquele lugar! Era construído em sua maior parte com uma pedra de um rosa pálido, com algumas casas aqui e acolá em branco; e eram distribuídas entre arvoredos verdes e hortas como um rosário quebrado de coral cor-de-rosa.

— Evidentemente as grandes e brancas são edifícios públicos — declarou Terry. — Este não é um país selvagem, meu amigo. Mas sem homens? Rapazes, convém a nós seguirmos em frente da maneira mais polida possível.

O lugar era muito diferente, cada vez mais impressionante conforme nos aproximávamos.

— É como uma exposição.

— Bonito demais para ser verdade.

— Muitos palácios, mas e as casas?

— Oh, há algumas pequenas, mas...

Certamente diferente de qualquer cidade que conhecíamos.

— Não há sujeira — disse Jeff subitamente. — Não há fumaça — acrescentou pouco depois.

— Não há barulho — contribuí, mas Terry desprezou minha declaração.

— Isto é porque estão se disfarçando por nossa conta; devemos seguir com cuidado.

No entanto, nada o convenceria a desistir, então caminhamos.

Tudo era beleza, ordem, limpeza perfeita e a sensação mais agradável de lar por toda parte. Conforme nos aproximamos do centro da cidade, as construções ficavam mais largas, mais grudadas, transformando-se em palácios labirínticos agrupados entre parques e praças, semelhantes a prédios universitários diante de seus gramados sossegados.

E então, virando uma esquina, nos deparamos com um espaço amplo e pavimentado, e vimos diante de nós um agrupamento de mulheres próximas umas das outras, posicionadas em ordem, à nossa espera.

Paramos por um instante e olhamos para trás. A rua atrás de nós estava fechada por outro bando marchando silenciosamente, ombro a ombro. Prosseguimos — não parecia haver outra opção — e nos encontramos rodeados por essa multidão de mulheres, todas, mas...

Não eram jovens. Não eram velhas. Não eram, no sentido feminino, belas. Não eram nada ferozes. Olhei em cada rosto, calmos, graves, sábios, sem medo algum, evidentemente seguros e determinados. Tive uma sensação esquisita — um sentimento ancestral — que tracei ao longe na memória até alcançá-la. Era a sensação inevitável de culpa, costumeira na minha infância, quando falhava a tentativa de minhas pernas curtas sobrepujarem o atraso para a escola.

Jeff a sentiu também, eu percebi. Sentíamos como se fôssemos meninos, muito pequenos, pegos no ato da travessura na casa de uma senhora gentil. Mas Terry não aparentou ter essa consciência. Vi seus olhos rápidos pulando de lá para cá, estimando números, calculando distâncias, julgando nossa chance de fuga. Ele examinou as fileiras mais próximas, depois, até o fundo, e murmurou suavemente para mim:

— Todas têm mais de quarenta, juro.

No entanto, não eram velhas. Cada uma estava no auge da saúde, coradas, eretas, serenas, de pés bem firmes no chão, mas leves como um pugilista. Não traziam armas, e nós sim, mas não queríamos atirar.

— Prefiro atirar nas minhas tias — murmurou Terry outra vez. — O que elas querem conosco afinal? Parecem decididas. — Mas apesar desse aspecto, ele estava determinado a tentar uma de suas táticas favoritas. Terry foi armado com uma hipótese.

Ele deu um passo à frente, com aquele sorriso conquistador, e fez uma reverência às mulheres. Então surgiu com outro tributo, um lenço amplo e macio, de textura diáfana, vívido em cor e estampa, uma coisa linda até para mim, e o ofereceu com uma mesura profunda à mulher alta e séria que parecia liderar as fileiras à frente dele. Ela o pegou com um aceno gracioso de aceitação, e passou-o para trás.

Ele tentou novamente, desta vez com uma tiara de pedras de imitação, uma coroa brilhante que teria agradado qualquer mulher sobre a Terra. Fez um gesto rápido, para incluir Jeff e eu como parceiros nessa oferenda, e, com outra inclinação, ofereceu o presente. Que novamente foi aceito e passado para longe, como antes.

— Se, ao menos, elas fossem mais jovens — disse ele entre dentes. — O que um sujeito pode dizer a um regimento de coronéis?

Em todas as nossas discussões e especulações sempre assumimos, inconscientemente, que as mulheres, quem quer que fossem, seriam jovens. Acho que a maioria dos homens pensa assim.

"Mulher", no abstrato, é jovem, e, pensamos, graciosa. Conforme envelhecem, elas passam a tocha, de alguma forma, para alguém da própria família ou para outrem. Mas essas boas senhoras estavam segurando a tocha bem firme, e, no entanto, qualquer uma poderia ser avó.

Procuramos nervosismo: não havia.

Procuramos terror, talvez: nada.

Inquietação, curiosidade, animação — e tudo que vimos foi o que poderia ser um comitê administrativo de médicas, frias como pepinos, e evidentemente querendo nos repreender por estar lá.

Seis delas deram um passo à frente, e indicaram que as seguíssemos. Pensamos que seria melhor conceder, pelo menos, no início, e marchamos em conjunto, com duas de cada lado, e as outras em grupos atrás e na frente.

Uma construção grande apareceu diante de nós, um lugar de paredes bem grossas, impressionante, grande e antigo; feito de pedra cor de cinza, diferente do restante da cidade.

— Não vai dar — disse Terry rapidamente. — Não podemos entrar aí, rapazes. Todos juntos, agora...

Paramos. Começamos ao mesmo tempo a explicar, a fazer sinais apontando para a floresta, indicando que voltaríamos.

Faz-me rir, sabendo tudo que sei agora, pensar em nós, três rapazes — nada mais que três jovens audazes e impertinentes —, nos intrometendo em um país desconhecido sem qualquer tipo de guarda ou defesa. Pensávamos que, se houvesse homens, poderíamos enfrentá-los, e que se houvesse apenas mulheres... bem, não haveria obstáculo algum.

Jeff, com suas noções românticas e antiquadas de mulheres como videiras dependentes. Terry, com suas teorias práticas e decididas de que havia dois tipos de mulheres: as que ele desejava e as que não: Desejáveis e Indesejáveis eram sua demarcação. A última classe era maior, mas negligenciável — ele nem sequer pensava nelas.

E agora estavam ali, em grande número, evidentemente indiferentes ao que ele pudesse pensar, evidentemente determinadas a algum propósito a respeito dele, e aparentemente bem capazes de forçá-lo a esse propósito.

Todos nós estávamos pensando naquele momento. Não parecia prudente objetar a entrada ali, mesmo se pudéssemos; nossa única chance era a cordialidade — uma atitude civilizada de ambos os lados.

Porém, uma vez dentro do edifício, não havia como saber o que aquelas senhoras determinadas fariam conosco. Mesmo uma detenção pacífica não estava nos nossos planos, e quando pensávamos em aprisionamento parecia ainda pior.

Então ficamos parados, tentando deixar claro que preferíamos a céu aberto. Uma delas surgiu com um esboço da nossa aeronave, perguntando por meio de sinais se éramos os visitantes aéreos que tinham visto.

Admitimos.

Apontaram para o desenho novamente, e para o horizonte, em muitas direções — mas fingimos não saber onde a máquina estava, e, realmente, não tínhamos certeza, dando uma localização estimada do seu paradeiro.

Novamente elas gesticularam para avançarmos, tão juntas perto da porta que havia apenas um caminho estreito até ela. Por todos os lados formavam uma massa sólida — não havia o que fazer exceto ir para a frente ou lutar.

Fizemos uma reunião.

— Nunca lutei com mulheres na vida — disse Terry, muito perturbado —, mas não vou entrar. Não vou ser... arrebanhado, como se fôssemos gado.

— Claro que não podemos enfrentá-las — urgiu Jeff. — São mulheres, apesar das roupas neutras; boas mulheres também; rostos sensatos e fortes. Vamos ter que entrar.

— Podemos nunca mais sair — avisei. — Fortes e sensatas: sim. Mas não estou tão certo quanto ao "boas". Olhem esses rostos!

Elas permaneceram de guarda baixa enquanto esperavam nossa conferência, mas sem relaxar a atenção.

Sua postura não era a da disciplina rígida de soldados; não havia um sentido de coerção nelas. O termo usado por Terry de "comitê administrativo" foi altamente adequado. Tinham o aspecto de cidadãs duronas, reunidas apressadamente para resolver uma necessidade comum ou um perigo, todas impulsionadas pelos mesmos sentimentos, para o mesmo objetivo.

Nunca, em nenhum outro lugar, eu tinha visto mulheres dessa qualidade. Mulheres de pescadores e feirantes talvez tivessem força semelhante, mas era grosseira e rude. Essas mulheres eram simplesmente atléticas — leves e poderosas. Professoras, eruditas, escritoras — muitas mulheres demonstravam inteligência similar, mas, em geral, carregavam um semblante aflito, enquanto essas eram calmas feito vacas, apesar do intelecto evidente.

Ali, observamos bem de perto, pois sentíamos que era um momento crucial.

A líder emitiu uma palavra de comando e nos chamou, e a massa ao redor deu um passo à frente.

— Precisamos decidir rápido — disse Terry.

— Eu voto para entrarmos — sugeriu Jeff.

Mas éramos dois contra um, e ele permaneceu lealmente ao nosso lado. Fizemos mais um esforço para sermos liberados, urgente, mas sem implorar. Em vão.

— Agora corremos, rapazes — disse Terry. — E se não pudermos afastá-las, atiro para o alto.

Então nos encontramos em uma posição semelhante às das sufragistas tentando entrar nos edifícios do Parlamento de Londres através de três fileiras policiais.

A solidez dessas mulheres era algo incrível. Terry logo percebeu que não adiantava. Soltou-se por um instante, pegou o revólver e atirou para cima. Quando elas o pegaram, ele atirou outra vez... Ouvimos um grito...

No mesmo instante fomos agarrados por cinco mulheres, cada uma segurando braço, perna ou cabeça; fomos erguidos feito crianças, crianças de colo indefesas, e carregados para a frente, nos remexendo, mas sem efeito.

Fomos levados para dentro, lutando com hombridade, mas presos com feminilidade, apesar de nossos esforços.

Carregados dessa forma, entramos num saguão de teto alto, cinza e sem adornos, e fomos levados diante de uma mulher grisalha majestosa, que parecia em uma posição judicial.

Houve um pouco de conversa entre elas, e, de repente, caiu sobre nós, ao mesmo tempo, uma mão firme segurando um pano úmido diante da boca e do nariz. Uma encomenda de doçura flutuante: anestesia.

3 UMA PRISÃO PECULIAR

Despertei lentamente de um sono profundo como a morte e revigorante como o de uma criança saudável. Era como subir através de um oceano cálido e profundo, cada vez mais próximo da luz e do ar buliçoso. Ou como o retorno à consciência após uma concussão cerebral. Certa vez, caí de um cavalo enquanto cavalgava por montanhas selvagens em uma região que não conhecia, e lembro-me vividamente da experiência mental de voltar à vida, através do desvelamento de um sonho. Quando ouvi ao longe vozes das pessoas ao meu redor, e vi os cumes nevados brilhantes daquela cadeia de montanhas imponente, assumi que aquilo também passaria, e logo eu estaria em casa.

Essa foi precisamente a experiência do despertar: ondas recuando de uma visão tonteante, lembranças de casa, o vapor, o barco, a aeronave, a floresta — uma afundando depois da outra, até que meus olhos se abrissem por completo, meu cérebro clareasse e eu entendesse o que tinha acontecido.

A sensação mais proeminente foi de conforto físico total. Eu estava deitado em uma cama perfeita: comprida, larga e macia, bem nivelada, firme, com um lençol da melhor qualidade, uma colcha de tecido leve e acolhedor, e uma coberta agradável aos olhos. Cerca de trinta centímetros do lençol estavam dobrados por cima da colcha, e mesmo assim, quando eu alongava os pés, ainda permaneciam cobertos e quentinhos.

Eu me sentia leve e limpo como uma pena branca. Demorei para localizar conscientemente meus braços e pernas, ter a sensação nítida de vida irradiando do centro do despertar para as extremidades.

Um quarto amplo, alto e largo, com muitas janelas elevadas, cujas cortinas fechadas deixavam passar uma leve luz esverdeada; um quarto lindo, em proporção, cor, simplicidade tranquila; de fora, o odor de jardins em flor.

Fiquei deitado, completamente imóvel, feliz, consciente, e ainda sem perceber ativamente o que tinha acontecido até ouvir Terry.

— Jesus! — foi o que ele disse.

Virei a cabeça. Havia três camas, e espaço mais que suficiente para todas.

Terry estava sentado, olhando ao redor, alerta como sempre. A expressão que emitiu, embora em voz baixa, acordou Jeff também. Todos nos sentamos.

Terry balançou as pernas para fora da cama, ficou de pé, espreguiçou forçosamente. Ele vestia uma camisola comprida, uma espécie de vestimenta sem costura, sem dúvida, confortável — todos estávamos idênticos. Havia sapatos ao lado de cada cama, também confortáveis e bonitos, embora totalmente diferentes dos nossos.

Procuramos nossas roupas — não estavam lá, nem nada do conteúdo dos bolsos.

Uma porta estava semiaberta; dava para um banheiro atraente, copiosamente provido de toalhas, sabão, espelhos, e todas as comodidades, inclusive nossas escovas de dentes e pentes, cadernos, e, graças a Deus, nossos relógios — mas nada das roupas.

Então reviramos mais uma vez o grande cômodo e achamos um armário espaçoso, com muitas vestes, mas nenhuma nossa.

— Um conselho de guerra! — ordenou Terry. — Voltem para a cama, que é muito boa, afinal. Bem, agora meu amigo científico, vamos considerar nosso caso friamente.

Ele falava comigo, mas Jeff parecia muito impressionado.

— Não nos feriram! — disse ele. — Poderiam ter nos matado... ou... qualquer coisa... mas nunca me senti tão bem na vida.

— Isso confirma que são todas mulheres — sugeri — e altamente civilizadas. Você sabe que acertou uma na escaramuça... ouvi o berro alto dela... e chutamos demais.

Terry sorria para nós.

— Então vocês entendem o que essas senhoras fizeram conosco? — inquiriu divertidamente. — Despojaram-nos de todas as nossas possessões, todas as roupas, cada retalho. Fomos despidos, lavados e colocados para dormir, como bebês de colo... por essas mulheres altamente civilizadas.

Jeff até ficou vermelho. Ele tinha uma imaginação poética. Terry tinha bastante imaginação, mas de outro tipo. E eu também, diferente. Sempre me gabei de ter uma imaginação científica, que, a propósito, considerava a mais importante. Tem-se o direito a certo grau de egotismo se baseado em fatos — e se mantido em segredo —, penso eu.

— Não adianta espernear, rapazes — falei. — Elas nos pegaram, e aparentemente são totalmente inofensivas. Cabe a nós bolar algum plano de fuga como qualquer outro herói capturado. Enquanto isso, precisamos vestir essas roupas. É pegar ou largar.

O vestuário era simples ao extremo, e absolutamente confortável, fisicamente, embora é claro que nos sentíamos como extras numa peça teatral. Havia uma roupa de baixo inteiriça de algodão, fina e macia, que chegava até o joelho e o ombro, como um desses pijamas que uns tipos usam, e uma espécie de meia-calça, que subia até o joelho e parava ali, com elásticos, chegando a cobrir a barra da outra peça.

Depois, um macacão grosso, havia muitas peças como essa no guarda-roupa, de diferentes pesos e de um material mais resistente — já era mais que suficiente. Mas havia túnicas, na altura dos joelhos, e robes compridos. Nem preciso falar que escolhemos as túnicas.

Tomamos banho e nos vestimos alegremente.

— Nada mal — disse Terry, analisando-se no espelho comprido. O cabelo dele estava um pouco mais longo do que quando saímos do barbeiro, e os chapéus providenciados se pareciam muito com os dos príncipes em contos de fadas, sem a pluma.

O traje era semelhante ao que tínhamos visto nas mulheres, embora algumas, aquelas que trabalhavam nos campos, observadas através de nossos binóculos quando sobrevoamos pela primeira vez, usassem apenas as duas primeiras peças.

Endireitei os ombros e estiquei os braços, afirmando:

— Elas criaram um vestuário muito racional, isso eu lhes concedo.

Com o que todos concordaram.

— Agora — proclamou Terry — já dormimos bastante, tomamos um bom banho, estamos vestidos e pensando racionalmente, embora pareçamos uns assexuados. Acham que essas senhoras altamente civilizadas vão nos dar algum café da manhã?

— Claro que sim — Jeff assegurou com confiança. — Se quisessem nos matar, já o teriam feito. Acho que seremos tratados como convidados.

— Aclamados como libertadores, penso eu — disse Terry.

— Estudados como curiosidades — acrescentei. — Mas, enfim, queremos comida. Agora, ao ataque!

O ataque não foi fácil.

O banheiro se abria apenas para o nosso quarto, e este tinha apenas uma saída: uma porta grande e bem fechada.

Escutamos.

— Há alguém lá fora — apontou Jeff. — Vamos bater.

Batemos, no que a porta abriu.

Do lado de fora, outro cômodo grande, mobiliado com uma enorme mesa de um lado, bancos compridos ou sofás ao longo da parede, algumas mesas menores e cadeiras. Tudo sólido, firme e de estrutura simples, confortável para o uso — e, por acaso, bonito.

Este ambiente estava ocupado por várias mulheres, dezoito, para ser exato, algumas de quem nos lembrávamos.

Terry suspirou, desapontado.

— As coronéis! — eu o ouvi sussurrando para Jeff.

Jeff, por sua vez, deu um passo à frente e se inclinou da forma mais educada; nós o copiamos, e fomos saudados civilizadamente pelas mulheres eretas.

Não precisamos fazer uma pantomima patética de fome; as mesas menores estavam repletas de comida, e fomos sisudamente convidados a nos sentar. As mesas estavam postas para dois, cada um foi colado vis-à-vis com uma anfitriã, e junto a cada mesa havia mais cinco leais apoiadoras, que observavam discretamente. Tivemos muito tempo para enjoar dessas mulheres!

O café da manhã não foi copioso, mas o suficiente em quantidade e excelente em qualidade. Éramos viajantes bons demais para objetar à novidade, e esse repasto com suas frutas novas e deliciosas, o prato com grandes nozes saborosas e bolinhos altamente satisfatórios foi muito agradável. Havia água para beber, e uma bebida quente muito aprazível, parecida com chocolate.

E bem ali, informalmente, antes de satisfazermos o apetite, nossa educação começou.

Ao lado de cada prato havia um livreto, impresso, embora diferente dos nossos, tanto no papel quanto na encadernação, e, é claro, quanto na tipografia. Examinamos com curiosidade.

— Pelas barbas do profeta! — murmurou Terry. — Vamos aprender a língua!

Iríamos de fato aprender a língua, e não só isso, também ensinar a nossa. Havia livros em branco com colunas paralelas, pautados habilmente, obviamente preparados para a ocasião, e neles, conforme aprendíamos e anotávamos o nome de alguma coisa, éramos incentivados a escrever ao lado o nome daquilo em nossa língua.

O livro que precisávamos estudar era evidentemente uma cartilha escolar, na qual crianças aprendem a ler, e, julgando por isso, e pela frequente consulta aos métodos, elas não tinham experiência na arte de ensinar a própria língua a estrangeiros ou de aprender outra.

Por outro lado, onde faltava experiência, sobrava genialidade. Compreensão sutil, reconhecimento instantâneo de nossas dificuldades, prontidão para atendê-las: uma constante surpresa para nós.

Claro que fizemos nossa parte. Era muito vantajoso sermos capazes de entendê-las e conversar com elas, e nos recusarmos a ensiná-las? Para quê? Mais tarde, tentamos uma rebelião aberta, mas foi uma única vez.

A primeira refeição foi cordata, cada um de nós estudando silenciosamente a companheira. Jeff com admiração sincera, Terry com aquele olhar técnico dele, como o de um mestre do passado — um domador de leão, um encantador de serpente ou outro profissional do tipo. Eu, por minha vez, estava intensamente interessado.

Era evidente que aqueles grupos de cinco estavam ali para conter qualquer rebeldia de nossa parte. Não tínhamos armas, e se tentássemos qualquer dano, com uma cadeira, digamos, cinco para um era demais, mesmo sendo mulheres; isso nós descobrimos, infelizmente. Não era agradável tê-las sempre por perto, mas logo nos acostumamos.

— É melhor do que ficarmos retidos — Jeff filosofou quando estávamos a sós. — Temos nosso próprio quarto... com pouca chance de fuga... pouca liberdade... sempre acompanhados. Melhor do que teríamos em um país de homens.

— País de homens! Acha mesmo que não há homens aqui, seu inocente? Tem que haver! — contestou Terry.

— S-sim... — concordou Jeff. — É claro... no entanto...

— No entanto... o quê? Diga, seu sentimentalista empedernido, no que está pensando?

— Podem ter alguma divisão de trabalho peculiar, que não conheçamos — atalhei. — Os homens moram em cidades separadas, ou podem tê-los dominados, de alguma forma, e eles ficam escondidos. Deve haver alguns.

— Essa sua última hipótese é boa, Van — protestou Terry. — Da mesma forma que fizeram com a gente! Dá calafrios.

— Bom, pense o que quiser. Vimos muitas crianças no primeiro dia, e vimos aquelas garotas...

— Garotas de verdade! — concordou Terry, com imenso alívio. — Bom tê-las mencionado. Eu declaro que, se pensasse não ter mais nada neste país além daqueles canhões, pularia da janela.

— Falando em janelas — sugeri —, vamos examinar as nossas.

Olhamos através de todas as janelas. As cortinas se abriram facilmente, e não havia grades, mas a perspectiva não tranquilizava.

Não era a cidade de paredes rosadas na qual entramos intempestivamente um dia antes. Nosso quarto ficava no alto, na asa projetada de uma espécie de castelo, construído em uma escarpa íngreme. Imediatamente abaixo de nós, jardins, frutíferos e fragrantes, mas as paredes altas seguiam a beirada do precipício, impedindo a vista ao longe. O som distante de água sugeria um rio no vale.

Podíamos olhar para todas as direções. A sudeste, o campo aberto, claro sob a luz da manhã, mas, de cada lado e atrás, as altas montanhas se erguiam.

— Isto é uma fortaleza comum... e mulher alguma a construiu, garanto — disse Terry. Concordamos assentindo. — Fica bem entre os montes... deve ser distante.

— Vimos uma espécie de veículo no primeiro dia — Jeff recordou. — E se tem motores, *são* civilizadas.

— Civilizadas ou não, nossa tarefa é complexa. Não proponho fazermos uma corda de lençóis e testar essas paredes até termos certeza de não haver uma forma melhor.

Todos concordamos, e voltamos à nossa discussão sobre as mulheres.

Jeff continuava pensativo.

— Mesmo assim, há algo esquisito — argumentou. — Não é apenas que não vemos homem algum... mas não vemos nenhum sinal deles. A... a... reação dessas mulheres é diferente de tudo que já vi.

— Você tem razão, Jeff — concordei. — Há uma atmosfera... diferente.

— Elas parecem não perceber que somos homens — continuou ele. — Tratam-nos... bem... como tratam umas às outras. É como se sermos homens fosse um detalhe menor.

Assenti. Tinha notado o mesmo. Mas Terry interrompeu rudemente:

— Ora bolas! É por causa da idade avançada delas. São todas avós, vou contar... ou deveriam ser. Tias-avós, que seja. Aquelas garotas eram garotas, não?

— Sim... — concordou Jeff cautelosamente. — Mas elas não tinham medo... subiram correndo aquela árvore e se esconderam, como meninos pegos no flagrante... não como garotinhas tímidas. E corriam como maratonistas... isso você admite, Terry.

Terry ficou mal-humorado conforme os dias passavam. Parecia se afetar mais pelo confinamento do que Jeff e eu; e não parava de falar sobre Alima, de como quase a pegara.

— Se eu tivesse... — dizia, de forma quase selvagem. — Teríamos uma refém e poderíamos ter ditado as regras.

Mas Jeff se dava muito bem com a tutora dele, e mesmo com as guardas, e eu também. Interessava-me muito notar e estudar as diferenças sutis entre essas mulheres e as outras, e tentar justificá-las. Na questão de aparência pessoal, havia grande diferença. Todas usavam cabelo curto, algumas com poucos centímetros no máximo; alguns enrolados, outros não; todos leves e limpos, com ar de recém-lavados.

— Se o cabelo delas fosse longo — Jeff reclamava — seriam tão mais femininas.

Depois de me acostumar, passei a gostar. Por que deveríamos admirar "o cabelo crescido"[2] de uma mulher e não a trança de um chinês é difícil explicar, exceto pelo nosso convencimento de que o cabelo longo "pertence" a uma mulher. Enquanto a "crina" e a "juba" estão em cavalos, leões, búfalos e criaturas tais, apenas no espécime masculino. Mas eu senti falta... no começo.

Nosso tempo era muito aprazivelmente preenchido. Tínhamos livre acesso ao jardim abaixo das janelas, com seu formato labiríntico e irregular, bem comprido, margeando a falésia. As paredes eram totalmente lisas, terminando na alvenaria do prédio. E conforme eu estudava essas grandes pedras, fiquei convencido de que a estrutura toda era muito antiga. Era construída como a estrutura pré-incaica no Peru, de monólitos enormes, encaixados como mosaicos.

— Esse povo tem história, certamente — contei aos outros. — E em *algum* momento foram guerreiras... senão por que a fortaleza?

Contei que tínhamos livre acesso ao jardim, mas não que podíamos ficar a sós ali. Havia sempre uma fila dessas mulheres desconfortavelmente fortes sentadas, sempre uma delas nos olhando mesmo quando as outras estavam lendo, jogando ou ocupadas com algum trabalho manual.

---

[2] Nota do editor: 1 Coríntios 11: 15.

— Quando as vejo tricotando — comentou Terry —, quase as considero femininas.

— Isso não prova nada — Jeff retrucou imediatamente. — Pastores escoceses tricotam... o tempo todo.

— Quando formos... — Terry se espreguiçou e olhou para os picos distantes. — Quando formos embora daqui e chegarmos aonde as mulheres de verdade estão, as mães e as meninas...

— Bem, o que faremos então? — perguntei sombriamente. — Como sabe que um dia sairemos daqui?

Era uma ideia desagradável, que consideramos em uníssono, retornando com dedicação aos nossos estudos.

— Se formos bons meninos e aprendermos as lições direitinho — sugeri. — Se formos discretos, respeitosos e educados, e elas não tiverem o que temer... então, talvez, nos libertem. E, de qualquer modo... quando escaparmos, é de imensa importância que saibamos a linguagem delas.

Pessoalmente, eu tinha um tremendo interesse naquela língua, e vendo que elas tinham livros, estava ansioso por me apossar deles, me aprofundar na história delas, se tivessem uma.

Não era difícil de falar, suave e agradável aos ouvidos, e tão fácil de ler e escrever que me maravilhava. Era um sistema absolutamente fonético, a coisa toda tão científica quanto esperanto, embora trouxesse em si todas as marcas de uma civilização antiga e rica.

Tínhamos liberdade para estudar o quanto quiséssemos, e não ficávamos somente no jardim para recreação, mas fomos apresentados a um grande ginásio, parcialmente no telhado e parcialmente no andar abaixo. Ali desenvolvemos o verdadeiro respeito por nossas guardiãs altas. Não era necessário mudar de roupa, exceto tirar a peça exterior. A primeira era perfeita para o exercício, livre para o movimento, e, eu admitia, muita mais bonita do que a nossa de costume.

— Quarenta... mais de quarenta... algumas cinquenta, aposto... e olhe para elas! — resmungava Terry com admiração relutante.

Não havia acrobacias espetaculares, que somente jovens conseguem executar, mas elas criaram um sistema excelente para desenvolvimento completo. Música acompanhava, com dança postural, e, às vezes, procissões sérias e belas.

Jeff ficou muito impressionado. Não sabíamos então quanto isso era apenas uma pequena parte dos métodos de cultura física delas, mas era bom de assistir e de participar.

Ah, sim, nós participávamos! Não era compulsório, mas achamos melhor conceder.

Terry era o mais forte de nós, embora eu fosse esguio e resistente, e Jeff era um ótimo corredor e saltador, mas vou contar que aquelas velhas senhoras nos passavam para trás. Elas corriam como cervos, o que quero dizer que não corriam como se fosse uma competição, mas sim como se fizesse parte naturalmente do modo delas. Lembramo-nos daquelas meninas corredoras da nossa primeira aventura e concluímos que sim, era o natural delas.

Também saltavam feito cervos, com um movimento rápido de dobra das pernas, puxadas para cima e viradas para o lado com um giro completo do corpo. Lembrei-me do movimento em X que alguns usavam para saltar sobre a linha, e tentamos aprender o truque. Não alcançamos as experts com facilidade, no entanto.

— Nunca pensei que viveria para ser comandado por um grupo de velhas acrobatas — protestou Terry.

Elas tinham jogos também, muitos, e, no começo, os consideramos bem desinteressantes. Eram como duas pessoas jogando paciência ao mesmo tempo para ver quem terminava primeiro; mais uma corrida ou... uma prova competitiva, do que um jogo real, com garra.

Filosofei um pouco a respeito e falei para Terry que isso contradizia a ideia de terem homens em seu meio.

— Não há um jogo masculino ali.

— Mas são interessantes... gosto deles — objetou Jeff — e tenho certeza de que são educacionais.

— Estou cansado de ser educado — protestou Terry. — Imagina ir para uma escola de damas... na nossa idade. Quero SAIR!

Mas não podíamos sair e estávamos sendo educados rapidamente. Nossas tutoras especiais eram cada vez mais estimadas. Pareciam de estirpe diferente das guardas, embora todas mantivessem cumplicidade. A minha se chamava Somel, a de Jeff, Zava, e Moadine, a de Terry. Tentamos generalizar a partir dos nomes delas, das guardas e das três meninas, mas não chegamos a lugar algum.

— Soam bem, e são curtos em sua maioria, mas não há similaridade na terminação... e nenhum repetido. Porém, conhecemos poucas por enquanto.

Queríamos perguntar muitas coisas assim que conseguíssemos falar bem o suficiente. O ensino não poderia ser melhor. De manhã até a noite, Somel sempre estava disponível, exceto entre duas e quatro; sempre agradável, com uma bondade amigável constante, da qual eu passei a gostar muito. Jeff dizia que a Srta. Zava — ele acrescentou o pronome de tratamento, embora elas mesmas não tivessem nenhum aparentemente — era uma querida, que o lembrava da sua tia Esther; mas Terry não se permitia conquistar, e tirava sarro da companheira quando ficávamos a sós.

— Cansei! — protestava. — Cansei de tudo. Estamos engaiolados como órfãos de três anos de idade, incapazes, aprendendo o que elas pensam ser necessário... queiramos ou não. Maldita seja a insolência dessas solteironas!

Ainda assim, continuávamos a receber educação. Elas trouxeram um mapa em relevo do país, lindamente confeccionado, e aumentamos nosso conhecimento geográfico, mas quando perguntamos sobre a região exterior, elas balançaram a cabeça e sorriram.

Trouxeram imagens, não apenas as gravuras dos livros, mas também estudos coloridos de plantas, árvores, flores e pássaros. Trouxeram ferramentas e vários objetos pequenos — tínhamos "material" em abundância na nossa escola.

Se não fosse por Terry, teríamos permanecido muito mais satisfeitos, mas conforme as semanas viraram meses, ele ficava cada vez mais irritado.

— Não aja como um urso com espinho na pata — implorei. — Estamos nos dando muito bem. A cada dia nos entendemos melhor, e em breve poderemos fazer um pedido razoável de liberação...

— *Liberação!* — urrou ele — *Liberação...* como crianças de castigo depois da escola. Eu quero SAIR, e vou fazê-lo. Quero encontrar os homens deste lugar e lutar! Ou as meninas...

— Acho que você está mais interessado é nas meninas — comentou Jeff. — Com o *quê* você vai lutar? Com punhos?

— Sim... ou paus e pedras... bem que eu gostaria! — E Terry levantou a guarda e deu um toque de leve na mandíbula de Jeff. — Por exemplo... Enfim — continuou ele —, poderíamos voltar para nossa aeronave e zarpar.

— Se ainda estiver lá — sugeri com cuidado.

— Ah, não agoure, Van! Se não estiver lá, daremos um jeito... o barco deve estar, suponho.

A situação era difícil para Terry, tão difícil que, por fim, nos persuadiu a considerar o plano de fuga. Era complicado, muito perigoso, mas ele declarou que iria sozinho se não fôssemos junto, e claro que não poderíamos nem pensar nessa possibilidade.

Ele parecia ter feito um estudo cauteloso do ambiente. Do nosso lado da janela, virado para a extremidade do promontório, podíamos ter uma ideia justa da parede e da queda.

Também do telhado podíamos ver ainda mais, e até, em certo local, vislumbrar uma espécie de caminho abaixo do paredão.

— É questão de três coisas — disse ele. — Cordas, agilidade e não sermos vistos.

— Essa é a parte mais difícil — atalhei, ainda esperançoso de dissuadi-lo. — A todo minuto temos um par de olhos sobre nós, exceto à noite.

— Portanto, devemos ir à noite — retrucou ele. — Fácil.

— Devemos considerar que, se formos pegos, talvez não sejamos tão bem tratados depois — disse Jeff.

— É um risco que devemos correr. Eu vou... mesmo arriscando meu pescoço.

Não havia como mudar o pensamento dele.

A questão da corda não era fácil. Algo forte o suficiente para sustentar um homem e longo o suficiente para nos baixar até o jardim, depois por cima e para baixo da parede. Havia muitas cordas fortes no ginásio — as mulheres pareciam amar balançar e escalar com elas —, mas nunca ficávamos por lá desacompanhados.

Precisaríamos fazer uma com roupa de cama, tapetes, vestes, e, além disso, teríamos de fazer isso à noite, pois todos os dias o local era imaculadamente limpo por duas de nossas guardiãs.

Não possuíamos tesouras nem facas, mas Terry era engenhoso.

— Essas mulas têm vidro e porcelana, vejam. Vamos quebrar um espelho do banheiro e usá-lo. "O amor encontrará um caminho" — murmurou ele. — Quando estivermos para fora da janela, estaremos à altura de três homens e cortaremos a corda o mais alto que pudermos, para sobrar mais no paredão. Sei exatamente onde vi aquele trecho de caminho, e há uma grande árvore ali, com cipó ou videira, algo do tipo... vi folhas.

Parecia um risco absurdo, mas estávamos, por assim dizer, na expedição do Terry, e todo mundo estava cansado daquele aprisionamento.

Assim, esperamos pela lua cheia, nos recolhemos cedo, e passamos uma ou duas horas ansiosas na manufatura desajeitada de cordas fortes o suficiente.

Entrar no fundo do armário, esconder um espelho sob um tecido grosso e quebrá-lo, abafando o barulho, não foi difícil, e espelho quebrado corta, embora não tão bem como tesouras.

A forte luz da lua entrava pelas quatro janelas — não ousamos deixar as luzes acesas por muito tempo —, e trabalhamos duro e rápido na nossa tarefa de destruição.

Cortinas, tapetes, roupões, toalhas, bem como roupa de cama — até mesmo o protetor do colchão —, não deixamos um ponto alinhavado, como observou Jeff.

Na janela de canto, menos passível de observação alheia, amarramos uma ponta do nosso cabo, com firmeza, na dobradiça da persiana, e largamos nossa corda enrolada com cuidado.

— Essa parte é fácil... Vou por último para cortar — falou Terry.

Então escorreguei primeiro, e fiquei bem agarrado contra a parede; depois, Jeff, sobre meus ombros, e Terry, que nos balançou um pouco ao cortar a corda acima de sua cabeça. Lentamente desci até o chão, com Jeff em seguida, e, por fim, nós três estávamos a salvo no jardim, com a maior parte da corda.

— Adeus, vovó! — sussurrou Terry, e andamos bem devagar na direção do paredão, aproveitando a sombra de cada arbusto e árvore. Ele foi previdente o suficiente para marcar o ponto exato, apenas um arranhão na pedra, mas que podíamos avistar sob aquela luz. Para ancoragem, havia um arbusto de bom tamanho e resistente, perto do muro.

— Agora vou subir sobre vocês outra vez e ir primeiro — avisou Terry. — Isso vai firmar a corda até os dois subirem. Então vou descer. Se eu conseguir com segurança, vão me ver e seguir... ou, melhor, eu puxo a corda três vezes. Se eu não encontrar ponto de apoio... oras, então escalo outra vez, só isso. Não acho que vão nos matar.

Do alto, ele explorou os arredores com cuidado, acenou com a mão e cochichou:

— Muito bem.

Então, desceu. Jeff subiu e eu o acompanhei, e estremecemos ao ver o quanto aquele vulto oscilante desceu, deslizando com as mãos, até desaparecer na folhagem lá embaixo.

Sentimos três puxões rápidos, e Jeff e eu, com uma sensação alegre de liberdade recuperada, seguimos nosso líder com sucesso.

4 NOSSA OUSADIA

Estávamos sobre um veio de rocha estreito, irregular e inclinado demais, e, se não fosse um cipó, teríamos certamente escorregado e quebrado nosso pescoço estouvado. Era uma coisa de folhas grossas, esparramada, semelhante à videira-brava.

— Não é *tão* vertical aqui, vejam — comentou Terry, orgulhoso e entusiasmado. — Essa coisa nunca suportará nosso peso diretamente, mas penso que se escorregarmos aos poucos, um de cada vez, prendendo-nos com pés e mãos, chegaremos à próxima saliência vivos.

— Como não queremos subir pela corda outra vez... e não podemos ficar aqui... eu aprovo — concordou Jeff solenemente.

Terry desceu primeiro — disse que nos mostraria como um cristão enfrenta a morte. A sorte estava do nosso lado. Vestimos a roupa mais grossa, deixando a túnica para trás, e descemos com bastante sucesso, embora eu tenha sofrido uma queda feia bem no fim, e apenas com força bruta me mantive preso ao segundo veio. O estágio seguinte era descendo uma espécie de "chaminé" — uma fissura longa e irregular; assim, com muitos arranhões doloridos, e não poucos hematomas, finalmente alcançamos o riacho.

Era mais escuro ali, mas pensamos ser algo bem necessário nos distanciarmos o máximo possível; então entramos na água, pulamos e escalamos aquele leito rochoso, sob a luz preta e branca tremeluzente da lua e a sombra das folhas até que a luz do dia obrigou a uma interrupção.

Encontramos uma nogueira agradável, com aquelas nozes grandes, saciantes, de casca mole, que já conhecíamos tão bem, e enchemos os bolsos.

Ainda não tinha notado que aquelas mulheres traziam nas roupas um número e uma variedade surpreendentes de bolsos. A veste intermediária, em particular, era recoberta por eles. Então estocamos nozes até ficarmos volumosos como soldados prussianos em marcha, bebemos o máximo possível e encerramos o dia.

Não era um local muito confortável, não muito fácil de entrar, uma espécie de fenda no alto da ribanceira, mas era seca e recoberta por folhagem. Depois das três ou quatro horas exaustivas de correria e do bom café da manhã, deitamos ao longo daquela rachadura — cada um virado para um lado, como em uma lata de sardinha — e dormimos até o sol da tarde tostar nossa cara.

Terry me cutucou com o pé.

— Como está, Van? Vivo?

— Muito — respondi.

E Jeff estava igualmente animado.

Havia espaço para alongar, senão para virar; mas podíamos rolar com muito cuidado, um de cada vez, atrás do abrigo de folhagem.

Não adiantava sairmos de lá durante o dia. Não era possível ver muito da região, apenas o suficiente para saber que estávamos no começo da área de cultivo, e, com certeza, o alarme estava ressoando ao longe.

Terry riu sozinho, deitado lá naquela borda quente de pedra. Ele ampliou a derrota de nossas guardas e tutoras, emitindo comentários descorteses.

Lembrei-o de que ainda era um longo caminho até o local onde havíamos deixado nosso avião, e restava pouca chance de encontrá-lo lá; mas ele apenas me insultou, gentilmente, de agourento.

— Se não for ajudar, não atrapalhe — protestou. — Nunca falei que seria um piquenique. Mas eu correria pelos campos de gelo da Antártida para deixar de ser prisioneiro.

Logo, cochilamos outra vez.

O longo descanso e o calor seco foram bons, e naquela noite cobrimos uma boa distância, sempre no cinturão de florestas, que sabíamos bordejar todo o país. Às vezes, ficávamos na fronteira, e vislumbrávamos as profundezas tremendas mais além.

— Esse trecho geográfico parece uma coluna basáltica — observou Jeff. — Será "fácil" descer se tiverem confiscado nosso avião! — Pelo que foi sumariamente repreendido.

O que podíamos ver para o interior era pacífico o suficiente, mas apenas relances enluarados; sob a luz do dia, ficávamos muito próximos. Como disse Terry, não queríamos matar aquelas senhoras — mesmo se pudéssemos; além disso, elas seriam perfeitamente capazes de nos capturar e carregar de volta, se fôssemos descobertos. Não havia nada a fazer a não ser nos escondermos e seguirmos discretamente quando possível.

Não conversávamos muito. À noite, havia a maratona de obstáculos; "não permanecíamos para o descanso nem parávamos por conta de uma pedra", e nadávamos águas mais profundas e incontornáveis; mas isso foi necessário apenas duas vezes. De dia, sono, pesado e bem-vindo. Muita sorte era podermos nos alimentar com tanta facilidade. Mesmo aquela beira de floresta era rica em alimento.

Mas Jeff raciocinou que aquilo mostrava o quanto deveríamos ter cuidado, pois poderíamos nos deparar com agricultoras, silvicultoras ou coletoras a qualquer momento. Cuidadosos éramos, certos de que, se não conseguíssemos dessa vez, não haveria outra; e, por fim, encontramos um local de onde podíamos ver, abaixo, o lago imóvel e amplo de onde fizéramos a subida.

— Parece bom para mim! — comemorou Terry, olhando para baixo. — Agora, se não acharmos o avião, sabemos onde mirar se precisarmos descer o paredão de outra forma.

O paredão naquele local era especialmente pouco convidativo. Subia tão reto que se colocássemos a cabeça por cima da base, o trecho de terra abaixo pareceria um emaranhado distante e lamacento de vegetação densa. Não precisamos arriscar o pescoço a esse ponto, pois, nos metendo entre rochas e árvores como selvagens, chegamos ao local plano em que havíamos pousado; e ali, por sorte inacreditável, encontramos o avião.

— E coberto também, que zebra! Quem pensaria que elas teriam tanto bom senso? — gritou Terry.

— Se elas tiveram tanto assim, devem ter ainda mais — avisei cuidadosamente. — Aposto que está sob observação.

Analisamos tudo que era possível sob a luz fraca da lua — a lua não é algo tão constante assim; mas o amanhecer no horizonte nos mostrou o formato conhecido, encoberto por uma espécie de lona, e nem sinal de vigia. Decidimos correr assim que a luz fornecesse o suficiente para o trabalho.

— Não me importo se a lata-velha ligar ou não — declarou Terry. — Podemos empurrar até a beira, subir a bordo e planar para baixo — *plop!* —, até o barco. Olhe lá... o barco!

E lá estava nosso barco, como um casulo cinza sobre o lençol imóvel d'água.

Quietos, mas ligeiros, corremos e começamos a soltar as amarras da cobertura.

— Confundir as sábias![3] — exclamou Terry, sem paciência. — Costuraram uma bolsa! E não temos faca!

E enquanto puxávamos o tecido grosso, ouvimos um som que fez Terry levantar a cabeça como um cavalo de guerra — o som inconfundível de risada — sim, três risadinhas.

Ali estavam elas — Celis, Alima, Ellador — com a mesma expressão do primeiro encontro, um pouco distantes, como estudantes interessados e marotos.

---

[3] Nota do tradutor: 1 Coríntios 1:27.

— Espere, Terry... espere! — avisei. — Está fácil demais. Cuidado com uma armadilha.

— Vamos apelar para a bondade no coração delas — sugeriu Jeff. — Acho que vão nos ajudar. Talvez tenham facas.

— Não vamos causar correria. — Eu tentava conter Terry de qualquer jeito. — Sabemos que elas correm e escalam melhor do que nós.

Ele admitiu com relutância; e depois de uma conferência rápida, nos aproximamos devagar delas, levantando as mãos em sinal de amizade.

Elas não se moveram até chegarmos bem perto, depois indicaram que deveríamos parar. Para ter certeza, avançamos uns passos e imediatamente elas recuaram. Então paramos na distância especificada. Usamos a linguagem delas, até onde éramos capazes, para explicar nosso dilema, contando que fomos feitos prisioneiros, que escapamos — muita pantomima nesse ponto e vívido interesse da parte delas —, que viajamos à noite e nos escondemos de dia, sobrevivendo com nozes — aqui Terry fingiu ter muita fome.

Eu sabia que ele não podia estar com fome; encontramos o suficiente para comer e não economizamos no consumo. Mas elas pareceram impressionadas; depois de uma consulta em murmúrios, tiraram do bolso pequenos pacotes, e, com a maior facilidade e acurácia, os lançaram nas nossas mãos.

Jeff ficou muito agradecido; e Terry gesticulou extravagantemente em admiração, o que pareceu incentivá-las, como meninos, a exibir suas habilidades. Enquanto comíamos os biscoitos deliciosos que elas haviam jogado, Ellador ficou de vigia, Celis correu um pouco e montou algo como um jogo de bolinha de gude com três buracos, e Alima recolheu pedras.

Insistiram para que jogássemos, e o fizemos, mas a coisa estava longe demais, e depois de vários fracassos, diante dos quais as donzelas élficas riram deliciadas, Jeff conseguiu acertar em um buraco. Eu demorei ainda mais, e Terry, para seu aborrecimento total, ficou em terceiro.

Então Celis montou o jogo outra vez e voltou o olhar para nós, e ao exemplificar o modo errado de jogar, balançou com gravidade os cachos curtos.

— Não — disse ela. — Ruim... Errado!

E assim pudemos entender as regras.

Ela montou novamente o jogo, e voltou para perto das outras; e as meninas insuportáveis ficaram ali, sentadas, acertando todos os buracos. Completamente satisfeitas, enquanto nós fingíamos estar.

A partida foi amistosa, porém, avisei Terry de que nos arrependeríamos se não fôssemos embora logo, e, assim, imploramos por facas. Foi fácil demonstrar o que queríamos, e cada uma delas exibiu com orgulho uma espécie de canivete retirado do bolso.

— Sim — falamos ansiosamente —, é isso! Por favor...

Tínhamos aprendido bastante da linguagem delas, vejam só. E imploramos por aquelas facas, mas elas não nos deram. Se chegávamos um pouco mais perto, elas se afastavam, prontas para fugir.

— Não adianta — falei. — Vamos... arrumamos uma pedra afiada ou algo do tipo... vamos soltar aquela coisa.

Procuramos em volta e encontramos fragmentos pontiagudos, com os quais cortamos, mas era como tentar arrebentar lona de vela com conchas.

Terry raspava e enfiava, mas falou entre dentes:

— Rapazes, estamos em boas condições... vamos arriscar tudo e capturar essas meninas... não tem outro jeito.

Elas tinham chegado bem perto para observar nossos esforços, e as pegamos de surpresa; e também, como disse Terry, o treinamento recente havia melhorado nosso fôlego e nossa destreza, e, por alguns momentos desesperados, àquelas meninas ficaram com medo, e nós, quase triunfantes.

Mas conforme esticávamos as mãos, a distância aumentava; elas pareciam ter entrado no ritmo, e então, embora corrêssemos na maior velocidade possível, e muito mais longe do que eu pensava ser prudente, elas se mantiveram fora do alcance o tempo todo.

Paramos, sem fôlego, por fim, após minhas repetidas advertências.

— Isso é uma idiotice sem tamanho — insisti. — Estão fazendo de propósito... voltemos ou nos arrependeremos.

Retornamos, muito mais lentamente do que a ida, e realmente arrependidos.

Ao alcançarmos nosso veículo encasulado, e tentarmos novamente liberá-lo da cobertura, apareceram por todos os lados as faces determinadas e silenciosas que conhecíamos tão bem.

— Oh, meu Deus! — gemeu Terry. — As Coronéis! Acabou-se... estão em quarenta para um.

Não adiantava lutar. Aquelas mulheres estavam em número muito maior, e não contavam tanto com a força treinada, mas com a multidão que age sob impulso comum. Não demonstravam sinal de medo, e como não portávamos armas de qualquer tipo, e havia ao menos cem delas, a dez passos de nós, nos rendemos com a maior fineza possível.

Claro que esperávamos uma punição — um aprisionamento mais restrito, confinamento em solitárias, talvez —, mas nada como o que aconteceu. Elas nos trataram como traidores, e como se entendessem muito bem a traição.

Voltamos, dessa vez sem anestésico, mas sobre motores elétricos bem parecidos com os nossos, cada um em cima de um veículo, com uma dama forte de cada lado e três à frente.

Elas se portavam de forma agradável e conversavam conosco dentro do nosso limite. Embora Terry estivesse intensamente mortificado, e no começo todos temessem tratamento severo, logo comecei a sentir uma espécie de confiança suave e a aproveitar o trajeto.

Ali estavam cinco companheiras conhecidas, todas tão amáveis quanto possível, aparentemente sem sentimento pior do que um leve triunfo pela vitória em um jogo simples; e mesmo isso elas suprimiam educadamente.

Era uma boa oportunidade para observar a terra também, e quanto mais eu via, mais admirava. Íamos rápido demais para uma observação atenta, mas pude apreciar as estradas perfeitas, sem poeira, como um chão varrido; a sombra de fileiras intermináveis de árvores; o cordão de flores que se desenrolava sob elas; e o país rico e confortável que se expandia à distância, cheio de charme variado.

Passamos por muitos vilarejos e cidadelas, e logo percebi que a beleza ajardinada da primeira cidade que vimos não era exceção. Nossa visão sobrevoando tinha sido atraente, mas faltava detalhe; e naquele primeiro dia de luta e captura, notamos pouca coisa. Mas no momento éramos levados à velocidade de mais ou menos cinquenta quilômetros por hora, atravessando um bom pedaço de terra.

Paramos para almoçar em uma cidade relativamente grande, e, andando devagar pelas ruas, vimos mais da população. Por toda parte que passávamos, saíam para nos olhar, mas ali havia mais; então fomos comer em um grande jardim com mesas sombreadas entre árvores e flores, no qual muitos olhos caíram sobre nós. E por toda parte, campo, vila ou cidade — apenas mulheres. Velhas e jovens, e uma grande maioria que não parecia nem jovem nem velha, apenas mulheres; meninas, embora essas, e as crianças também, parecessem sempre andar em grupos, menos evidentes. Vislumbramos meninas e crianças no que pareciam ser escolas e parquinhos, e até onde pudemos julgar, nada de garotos. Olhamos com cuidado. Todas nos olhavam de volta com educação, bondade e muito interesse. Ninguém foi impertinente. Podíamos entender uma boa parte da conversa a essa altura, e tudo parecia agradável.

Bem... antes do anoitecer estávamos em segurança de volta ao nosso grande quarto. O dano que causamos tinha sido ignorado; as camas refeitas e confortáveis como antes, novas vestes e toalhas. A única coisa que as mulheres fizeram foi iluminar os jardins à noite e colocar uma vigia extra. Mas nos chamaram para prestação de contas no dia seguinte. Nossas três tutoras, que não estiveram presentes na expedição de recaptura, haviam se preparado para nos receber e se explicaram.

Elas bem sabiam que tentaríamos alcançar o avião, e também que não havia maneira de descer... vivos. Então nossa fuga não havia perturbado ninguém; tudo que fizeram foi alertar as habitantes para manter o olho aberto a respeito de nossa movimentação ao longo da beira da floresta entre os dois pontos. Parece que em muitas das noites fomos avistados por damas cuidadosas escondidas em árvores grandes à beira dos rios ou acima nas rochas.

Terry pareceu terrivelmente chateado, mas, para mim, foi hilário. Estivéramos arriscando a vida, perambulando escondidos como foras da lei, vivendo à base de nozes e frutas, molhados e com frio à noite, secos e acalorados de dia, enquanto essas honoráveis mulheres apenas esperavam nossa aparição.

Elas se explicavam, usando palavras que entenderíamos. Parece que éramos considerados convidados do país — uma espécie de tutelados do governo. A primeira violência foi necessária para nos mantermos salvaguardados por um tempo, mas assim que aprendêssemos a língua — e concordássemos em não causar mal algum —, elas nos mostrariam tudo sobre o país.

Jeff estava disposto a voltar a ter a confiança delas. Claro que ele não dedurou Terry, mas deixou claro que estava envergonhado, e que dali em diante iria se comportar. Quanto à língua — todos nos dedicamos com intensidade redobrada. Trouxeram livros, muitos, e eu comecei a estudá-los com seriedade.

— Literatura bem fraca — Terry admitiu um dia, na privacidade do nosso quarto. — Claro que se começa com histórias infantis, mas estou pronto para algo mais interessante.

— Não dá para ter romance inebriante e aventura selvagem sem homens, certo? — perguntei. Nada irritava Terry mais do que admitir que não havia homens; mas não havia sinal deles nos livros, nem nas ilustrações.

— Cale a boca! — urrou ele. — Que bobagem infernal você está falando! Vou perguntar diretamente para elas... já sabemos o suficiente agora.

Era verdade que estávamos nos dedicando ao máximo para dominar a linguagem, e já éramos capazes de ler fluentemente e discutir a leitura com facilidade considerável.

Naquela tarde, estávamos todos sentados juntos no telhado — nós três e as tutoras, reunidos em torno de uma mesa, sem guardas. Deixaram claro um pouco antes que, se nos comprometêssemos a não fazer nada violento, elas retirariam o acompanhamento constante, e nós prometemos de muito boa vontade.

Ali sentamos, relaxados; todos vestindo roupas semelhantes; nosso cabelo, a essa altura, tão longo quanto o delas; a única coisa distinta era a barba. Não que nós as quiséssemos, mas até o momento havíamos sido incapazes de induzi-las a nos proporcionar objetos cortantes.

— Senhoras — começou Terry, num repente límpido como o céu acima — , não há homens neste país?

— Homens? — repetiu Somel. — Como vocês?

— Sim, homens. — Terry apontou a barba e endireitou os ombros largos. — Homens, homens de verdade.

— Não — respondeu ela baixinho. — Não há homens neste país. Não existiu um homem sequer entre nós em dois mil anos.

O olhar dela estava claro e verdadeiro, e ela apresentou o dado assombroso como se não fosse assombroso, mas apenas factual.

— Mas... as pessoas... as crianças — protestou ele, não acreditando naquilo, porém, evitando dizê-lo.

— Oh, sim. — Ela sorriu. — Não me espanta a sua confusão. Somos mães — todas nós —, mas não há pais. Pensamos que perguntariam isso há muito tempo... por que não perguntaram? — A expressão era de bondade franca, como sempre, e o tom, muito direto.

Terry explicou que não nos sentíamos acostumados à linguagem, fazendo muita confusão com ela, mas Jeff foi mais franco.

— Perdoem-nos — disse ele — por admitirmos que achamos difícil de acreditar? Isso não é possível... no resto do mundo.

— Não há um tipo de vida em que isso seja possível? — questionou Zava.

— Bem, sim... algumas formas mais simples, claro.

— Quão mais simples... ou melhor quão mais complexas?

— Bem... há alguns exemplos complexos de insetos com os quais ocorre. Chamamos de partenogênese... que significa nascimento virgem.

Ela não compreendeu.

— *Nascimento*, conhecemos, é claro; mas o que é *virgem*?

Terry parecia pouco à vontade, mas Jeff respondeu à questão com muita clareza.

— Entre os animais acasaladores, o termo *virgem* é aplicado à fêmea que não se acasalou — respondeu ele.

— Oh, entendo. E se aplica ao macho também? Ou há um termo diferente para ele?

Ele abordou o assunto muito rapidamente, afirmando que o mesmo termo seria aplicado, mas era pouco usado.

— Pouco? — repetiu ela. — Mas certamente um não pode se acasalar sem o outro. Não são os dois, portanto, virgens antes do acasalamento? E, conte-me, não há formas de vida em que haja o nascimento com apenas um pai?

— Não sei de nenhuma — respondeu ele.

Eu perguntei com seriedade:

— Você quer que acreditemos que por dois mil anos existiram apenas mulheres aqui, e que nasceram apenas meninas?

— Exatamente — respondeu Somel, assentindo com gravidade. — Claro que sabemos que entre outros animais é diferente, que há pais bem como mães, e vemos que vocês são pais, que vêm de um povo onde há os dois tipos. Estivemos esperando, vejam, que falassem conosco, ensinando sobre seu país e o resto do mundo. Conhecem tanto enquanto nós conhecemos apenas nossa terra.

Ao longo dos estudos, nos esforçamos para contar-lhes sobre o grande mundo lá fora, desenhar esboços, mapas, até fazer um globo com uma fruta esférica, mostrar o tamanho, comparar países, e contar dados sobre os povos. Tudo isso muito superficial e um pouco confuso, mas elas entendiam bem.

Penso estar falhando em passar a impressão que gostaria dessas mulheres. Longe de ser ignorantes, eram profundamente sábias — isso percebíamos cada vez mais; nos quesitos raciocínio claro, abrangência mental e força, elas eram número um, mas havia muitas coisas que desconheciam.

Seu temperamento era o mais equilibrado, paciência infindável e natureza aprazível — uma das coisas mais impressionantes a respeito delas era a ausência de irritabilidade. Até aquele momento eu tinha estudado apenas aquele grupo, mas depois descobri tratar-se de um traço comum.

Aos poucos, sentíamos estar nas mãos de amigas — amigas muito capazes —, mas não podíamos formar uma opinião sobre o nível geral dessas mulheres.

— Queremos que nos ensinem tudo que puderem — prosseguiu Somel, as mãos firmes cruzadas sobre a mesa diante dela, os olhos calmos e límpidos nos encarando com franqueza. — E queremos ensinar-lhes o que é novo e útil. Podem imaginar que se trata de uma oportunidade maravilhosa para nós, ter homens conosco... depois de dois mil anos. E queremos saber sobre suas mulheres.

O que ela falou sobre nossa importância provocou prazer instantâneo em Terry. Pude ver pela forma como ele levantou a cabeça que aquilo o agradava. Mas quando ela falou de nossas mulheres... tive uma sensação esquisita e indescritível, diferente de qualquer sensação que eu já tivesse tido quando o assunto era "mulheres".

— Pode nos contar como aconteceu? — prosseguiu Jeff.

— Vocês disseram "em dois mil anos"... havia homens antes?

— Sim — respondeu Zava.

Ficaram em silêncio por um instante.

— Vocês receberão nossa história completa para ler. Não se espantem: é uma versão curta e simplificada. Demoramos para aprender a escrever história. Oh, como eu adoraria ler a de vocês!

Ela se virou para cada um de nós com olhos sedentos.

— Seria maravilhoso, não? Comparar a história de dois mil anos, ver as diferenças entre nós, que somos apenas mães, e vocês, que são mães e pais. Claro que observamos isso em nossos pássaros, que o pai é quase tão útil quanto a mãe. Mas, entre insetos, eles são de menor importância, por vezes, muito pouca. Não é assim com vocês?

— Oh, sim, pássaros e insetos — disse Terry —, mas não entre animais... vocês *não* criam animais?

— Temos gatos — respondeu ela. — O pai não é muito útil.

— Não têm gado... ovelhas... cavalos? — Desenhei esboços desses animais e mostrei.

— Tínhamos estes, nos tempos muito antigos — respondeu Somel, e rascunhou em traços rápidos uma espécie de ovelha ou lhama, "e estes", cães, de dois ou três tipos, "esse", apontando para o meu cavalo absurdo, porém, reconhecível.

— Que fim os levou? — indagou Jeff.

— Não os queremos mais. Ocupavam muito espaço... precisamos de toda a nossa terra para alimentar o povo. Vejam, é um país muito pequeno.

— Como arranjam leite? — Terry quis saber, incrédulo.

— *Leite*? Temos leite em abundância... o nosso.

— Mas... mas... quero dizer para a culinária... para adultos. — Terry balbuciava enquanto elas pareciam assombradas e levemente ofendidas.

Jeff o salvou.

— Nós criamos gado pelo leite, como também pela carne — explicou ele. — Leite de vaca é fundamental na nossa dieta. Há uma grande indústria do leite... para coletá-lo e distribuí-lo.

Elas ainda pareciam confusas. Apontei meu esboço de vaca.

— O fazendeiro ordenha a vaca — falei, e desenhei um latão de leite, o banquinho, e fiz a mímica da ordenha. — O leite então é levado para cidade e distribuído pelo leiteiro... todos o recebem na porta pela manhã.

— A vaca não tem filhos? — perguntou Somel seriamente.

— Oh, sim, claro, o bezerro, é como se chama.

— Há leite para o bezerro e para vocês também?

Demorei para explicar àquelas mulheres amáveis o processo que tira o bezerro da vaca, e, do bezerro, seu alimento verdadeiro; e a conversa nos levou a uma discussão sobre o negócio da carne. Elas ouviram, muito pálidas, e, em seguida, pediram licença.

5
UMA HISTÓRIA ÚNICA

Não adianta alinhavar este relato com aventuras. Se o leitor não estiver interessado nessas mulheres incríveis e em sua história, não terá interesse algum.

E quanto a nós — três rapazes em uma terra repleta de mulheres —, o que poderíamos fazer? Nós escapamos, como descrito, e fomos recuperados pacificamente sem, conforme Terry reclamava, sequer a satisfação de bater em alguém.

Não havia aventuras, pois não havia pelo que lutar. Não havia feras selvagens nesse país, e algumas poucas domadas. Destas, posso parar e descrever o animal de estimação do país: gatos, é claro. Mas que gatos!

O que você supõe que essas Burbanks fizeram com seus gatos? Com uma seleção longa e minuciosa, desenvolveram uma raça de gatos silenciosa! É verdade! O máximo que essas pobres criaturas mudas eram capazes de fazer era uma espécie de guincho quando estavam com fome ou queriam sair, e, claro, ronronavam, e emitiam outros sons maternos para os filhotes.

Além disso, haviam deixado de matar pássaros. Eram rigorosamente selecionados para eliminar ratos, toupeiras e outros inimigos do cultivo, mas os pássaros eram abundantes e estavam em segurança.

Enquanto discutíamos pássaros, Terry perguntou-lhes se usavam penas nos chapéus, e elas pareceram se divertir com a ideia. Ele esboçou alguns chapéus femininos, com plumas, penas e outras coisas que se penduram; e elas ficaram muito interessadas, bem como com tudo sobre nossas mulheres.

Quanto a elas, contaram que usavam chapéus apenas pela sombra no trabalho ao ar livre; eram feitos de palha, leves e grandes, semelhantes àqueles usados na China e no Japão. No frio, colocavam boinas e capuzes.

— Mas para adornar... não acha que cairiam bem? — instigou Terry, desenhando o melhor que podia uma dama de chapéu plumado.

Elas não concordaram, perguntando se homens também usavam o tal chapéu. Rapidamente negamos, e desenhamos nossos aparatos de cabeça.

— E homem algum usa penas no chapéu?

— Apenas indígenas — explicou Jeff. — Selvagens, sabe? — E rascunhou um cocar para mostrar.

— E soldados — acrescentei, desenhando um chapéu militar com plumas.

Em momento algum expressaram horror ou reprovação, nem sequer muita surpresa — apenas interesse intenso. E as anotações que faziam! Quilômetros delas!

Mas retornando às gatinhas. Ficamos muito impressionados com o alcance da seleção artificial, e quando nos questionaram — nossas informações eram plenamente sugadas —, contamos que isso fora feito com cães, cavalos e gado, mas não, não se fizera muito esforço com gatos, exceto para motivos de exibição.

Gostaria de poder representar o modo amável, discreto, consistente e engenhoso com que nos questionavam. Não era apenas curiosidade — não tinham mais curiosidade por nós do que tínhamos por elas, sequer isso. Mas estavam dispostas a entender nossa civilização e sua linha de investigação nos circundava e nos levava a fazer admissões que não queríamos.

— Essas raças de cachorro que vocês criam são úteis? — perguntaram.

— Oh... úteis! Ora, os cães de caça, de guarda e de pastoreio são úteis — e os de trenó, claro! —, e rateiros, suponho, mas não temos cães por conta de sua *utilidade*. O cão é "o melhor amigo do homem", dizemos... nós os amamos.

Isso elas compreenderam.

— Amamos nossos gatos dessa forma. Certamente são amigos e ajudantes. Podem ver como são inteligentes e afeiçoados.

Verdade. Eu nunca tinha visto gatos assim, exceto em situações muito raras. Grandes, criaturas lindas e aveludadas, amigáveis com todos e devotamente apegados às suas donas.

— Vocês devem ter muita dificuldade para afogar filhotes — dissemos.

Mas elas responderam:

— Oh, não! Cuidamos deles como vocês cuidam de seus valiosos rebanhos. Os pais são poucos, somente alguns em cada cidade; vivem contentes em jardins murados e na casa dos amigos. Mas têm apenas um período de acasalamento por ano.

— Coitados! — falou Terry.

— Oh, não... Sinceramente! Vejam, há muitos séculos que reproduzimos o tipo de gato que queremos. São saudáveis, felizes e amigos, como podem ver. Como fazem com seus cães? Mantém-nos em pares, segregam os pais ou o quê?

Então explicamos que... bem, não era exatamente uma questão de pais; que ninguém queria uma... uma fêmea prenha; que, bem, praticamente todos os nossos cães eram machos... que apenas uma pequena porcentagem de fêmeas podia viver.

Zava, observando Terry com seu sorriso doce e sério, o citou:

— Coitadas! Não? Elas gostam... de viver sem companheiros? Seus cães são tão saudáveis e amigáveis quanto nossos gatos?

Jeff riu, olhando maliciosamente para Terry. Para falar a verdade, Jeff começou a nos parecer um traidor — sempre tomando o lado delas; e também o conhecimento médico dele lhe proporcionava um ponto de vista diferente.

— Sinto admitir — falou para elas — que o cão, conosco, é o animal mais doente, junto do homem. E quanto ao temperamento... sempre há alguns que mordem, especialmente crianças.

Malícia pura. Vejam, crianças eram a... a *raison d'être* do país. Nossas interlocutoras se endireitaram imediatamente.

Permaneceram gentis e contidas, mas havia um tom de assombro profundo na voz:

— Vocês mantêm um animal, macho sem acasalar, que morde crianças? E quanto há deles, podemos saber?

— Milhares... nas grandes cidades — respondeu Jeff —, e quase todas as famílias mantêm um no campo.

Terry interrompeu:

— Não devem pensar que sejam todos perigosos... apenas um em cada cem morde. Oras, são os melhores amigos das crianças — um menino sem cachorro para brincar não é criança!

— E as meninas? — indagou Somel.

— Ah... meninas... oras, elas gostam deles também — respondeu ele, mas com a voz um pouco desanimada.

Elas sempre notavam coisinhas assim, descobrimos depois.

Pouco a pouco, arrancaram de nós que o melhor amigo do homem, na cidade, era um prisioneiro; fazia pouco exercício e ficava encoleirado; estava sujeito a muitas doenças, inclusive ao horror destrutivo da raiva; e, em muitos casos, para a segurança dos cidadãos, precisavam usar focinheira. Jeff, com malícia, acrescentou muitos exemplos vívidos que conhecera ou lera a respeito, de ferimento e morte por conta de cachorros loucos.

Elas não ralharam nem argumentaram. Calmas como juízas, assim elas eram. Mas anotavam; Moadine leu-as.

— Por favor, diga-me se tenho os fatos corretos. No seu país... e em outros também?

— Sim — admitimos —, na maioria dos países civilizados.

— Na maioria dos países civilizados, mantém-se um animal que não é útil...

— Eles protegem — insistiu Terry. — Latem se ladrões tentam entrar.

Ela anotou "ladrões" e continuou:

— ... por conta do amor que as pessoas sentem por esse animal.

Zava a interrompeu:

— São os homens ou as mulheres que tanto amam esse animal?

— Ambos! — persistiu Terry.

— Igualmente? — questionou ela.

E Jeff falou:

— Bobagem, Terry... você sabe que, em geral, homens gostam mais de cachorros.

— Porque o amam tanto, principalmente os homens, esse animal é mantido preso ou acorrentado.

— Por quê? — perguntou Somel, de repente. — Mantemos nossos gatos machos presos porque não queremos muita reprodução; mas não são acorrentados... eles têm muito espaço para correr.

— Um cão valioso seria roubado — falei. — Colocamos coleiras, com o nome do dono, caso fujam. Além disso, eles brigam. Um cão valioso pode ser morto por um maior.

— Entendo — disse ela. — Eles brigam quando se encontram... isso é comum?

Admitimos que sim.

— Eles ficam presos ou acorrentados. — Ela pausou, depois perguntou: — O cão não gosta de correr? Não têm biótipo para velocidade?

Admitimos que sim também, e Jeff, ainda malicioso, esclareceu:

— Sempre achei uma visão patética um homem ou mulher levando um cachorro para passear, tanto para o homem quanto para o cão.

— Vocês os criaram para ser limpos em seus hábitos como nossos gatos? — foi a pergunta seguinte.

Então Jeff explicou os efeitos de ter cães nas calçadas — o que elas acharam difícil de acreditar.

Entendam que o país era limpo como uma cozinha holandesa, e quanto ao saneamento... Acho melhor contar logo o que me lembro da história deste país impressionante antes de continuar a descrição.

E vou resumir aqui nossas oportunidades de aprendizado. Não vou tentar replicar o registro minucioso e detalhado que perdi; direi apenas que ficamos naquela fortaleza por bons seis meses, e, depois, três em uma cidade bem agradável onde — para o desgosto infinito de Terry — havia apenas as "Coronéis" e criancinhas — nada de mulheres jovens. Então ficamos mais três meses sob vigilância — sempre com uma tutora, guarda ou ambas. Mas esses meses foram agradáveis, pois nos aproximamos das meninas. Essa é outra história — e vou tentar fazer justiça a ela em outro capítulo.

Aprendemos a linguagem muito bem — era necessário —, e elas aprenderam a nossa bem mais rapidamente e a usaram para adiantar nossos estudos.

Jeff, sempre acompanhado de um material de leitura, trouxera dois livros, um romance e uma pequena antologia de versos; e eu, uma dessas enciclopédias de bolso — uma coisinha gorda, recheada de fatos. Foram usados na nossa educação — e na delas. E assim que ficamos capazes, elas nos forneceram muitos livros, e eu fui atrás da história — queria conhecer a gênese desse milagre delas.

E foi isso que aconteceu, de acordo com os registros.

Quanto à geografia — no começo da nossa era cristã, essa terra era ligada com o mar. Não direi onde, por bons motivos. Mas havia uma passagem relativamente fácil entre as paredes das montanhas atrás de nós, e não há dúvida em minha mente de que essas pessoas são de ascendência ariana, e estiveram um dia em contato com a melhor civilização do mundo antigo. Eram "brancas", mas um pouco mais escuras que as raças setentrionais por conta da constante exposição ao sol e ao ar livre.

O país era muito maior à época, incluindo muitas terras além do canal, e uma faixa de litoral. Havia barcos, comércio, exército, um rei — pois à época eram uma raça de dois sexos, como nos chamam.

O que aconteceu primeiro foi apenas uma sucessão de infortúnios históricos, semelhantes aos que ocorreram a outras nações. Foram dizimados por guerra, afastados da costa até que, por fim, a população reduzida, com muitos homens mortos em batalha, ocupou o interior e o defendeu por anos, nos desfiladeiros das montanhas. Onde estiveram expostos ao ataque vindo de baixo, reforçaram as defesas naturais, até que ficassem seguros no alto, como as encontramos.

Eram polígamos e escravocratas, como todos à época; e durante uma ou duas gerações na luta por essa defesa, construíram as fortalezas, como aquela em que ficamos retidos, e outros dos edifícios mais antigos, alguns ainda em uso. Nada além de terremotos pode destruir tal arquitetura — blocos enormes e sólidos que sustentam o próprio peso. Devem ter tido mão de obra eficiente e suficiente naquele tempo.

Lutaram com bravura por sua existência, mas nação alguma pode suportar o que as companhias de navios a vapor chamam de "ato de Deus". Enquanto toda a defesa fazia o possível no desfiladeiro, houve uma explosão vulcânica, com alguns tremores locais, e o resultado foi o preenchimento do passo — a única saída. Em vez de uma passagem, uma nova cordilheira, escarpada e alta, se ergueu entre eles e o mar; ficaram emparedados, e, por trás da parede, todo o pequeno exército. Pouquíssimos homens sobreviveram, além dos escravos; e estes aproveitaram a oportunidade para se revoltar, eliminar os donos remanescentes, até o menino mais jovem, as mulheres velhas também, e as mães, com a intenção de tomar posse do país com as jovens e meninas restantes.

Mas a sucessão de desventuras foi demais para as virgens furiosas. Havia muitas delas, e poucos desses novos senhores, então as jovens mulheres, em vez de se submeter, levantaram-se em desespero puro e aniquilaram os conquistadores brutais.

Parece um trecho de Tito Andrônico, eu sei, mas é o relato delas. Suponho que estavam enlouquecidas — mas podemos culpá-las?

Não sobrou mais ninguém nesse belo jardim alto, exceto uma turma de garotas histéricas e algumas escravas velhas.

Isso foi há cerca de dois mil anos.

No começo, houve um período de desespero puro. As montanhas se erguiam entre elas e os velhos inimigos, mas também entre elas e a fuga. Não havia saída por cima ou por fora — precisavam permanecer ali. Algumas optaram pelo suicídio, mas não a maioria. Devem ter sido um grupo destemido, como um todo, e decidiram viver — enquanto vivessem. Claro que tinham esperança, como é dos jovens, de que algo aconteceria e mudaria o destino.

Então puseram-se a trabalhar, enterrar os mortos, arar e semear, cuidar uma da outra.

Por falar em enterrar os mortos, vou anotar enquanto penso no assunto, que elas adotaram a cremação por volta do século XIII, pelo mesmo motivo pelo qual deixaram de criar gado — não havia espaço. Ficaram surpresas ao saber que ainda enterrávamos os mortos — perguntaram nossos motivos, e ficaram muito insatisfeitas com os que fornecemos. Contamos sobre a crença na ressurreição dos corpos, e elas perguntaram se nosso Deus não seria tão capaz de ressuscitar das cinzas quanto da podridão antiga. Contamos que as pessoas consideravam repugnante queimar seus entes queridos, e elas perguntaram se deixá-los apodrecer seria menos repugnante. Essas mulheres eram inconvenientemente sensatas.

Bem... a turma original de meninas se prontificou a ajeitar o lugar e ter a melhor vida possível. Algumas das escravas restantes ofereceram serviço inestimável, ensinando as tarefas que sabiam. Tinham registros de acordo com o costume da época, todas as ferramentas e implementos da época, e uma terra muito fértil à disposição.

Havia um punhado de jovens matronas que escaparam da matança, e poucos bebês nasceram depois do cataclismo — apenas dois meninos, e ambos morreram.

Por cinco a dez anos, trabalharam juntas, fortalecendo-se e se tornando mais sábias e cada vez mais apegadas umas às outras, e então o milagre ocorreu: uma dessas jovens deu à luz. Claro que todas pensaram que deveria haver um homem por ali, mas não encontraram nenhum. Então decidiram que se tratava de um presente dos deuses, e colocaram a mãe orgulhosa no Templo de Maaia — a Deusa da Maternidade —, sob vigilância extrema. E ali, conforme os anos passaram, essa mulher-maravilha deu à luz cinco filhas.

Fiz o possível, interessado que sou por sociologia e psicologia social, para reconstruir na minha mente a posição real dessas mulheres antigas. Havia cerca de quinhentas ou seiscentas delas, e eram crias de harém; no entanto, pelas poucas gerações precedentes, foram criadas em uma atmosfera de luta tão heroica que a descendência deve ter se fortificado. Sem contar que na terrível orfandade, ficaram mais próximas, apoiando umas às outras e suas irmãzinhas, desenvolvendo poderes desconhecidos sob a tensão da nova necessidade. Para esse grupo endurecido pela dor e fortalecido pelo trabalho, que não tinha perdido somente o amor e o cuidado de pais, mas também a expectativa de algum dia ter filhos, surgia no horizonte uma nova esperança.

Ali estava, enfim, a Maternidade, e, embora não fosse para todas, poderia — se o poder fosse hereditário — fundar uma raça nova.

Pode-se imaginar como essas cinco Filhas de Maaia, Filhas do Templo, Mães do Futuro — tinham todos os títulos que o amor e a reverência poderiam dar — foram criadas. Toda a pequena nação de mulheres as rodeava com servitude amorosa, e aguardavam, entre esperança ilimitada e igual desespero ilimitado, para ver se elas também seriam mães.

E foram! Ao atingir a idade de 25 anos, começaram a engravidar. Cada uma, como a mãe, deu à luz cinco filhas. Havia então 25 Novas Mulheres, Mães por direito, e o espírito do país passou do luto e da coragem resignada para a alegria orgulhosa. As mulheres mais velhas, aquelas que se lembravam dos homens, morreram; as mais jovens do primeiro lote também, depois de um tempo, e então sobraram 125 mulheres oriundas de partenogênese, fundadoras de uma nova raça.

Elas herdaram todo o cuidado devotado que o grupo original minguante poderia deixar. O pequeno país era muito seguro. Fazendas e hortas em plena produção. Indústrias em ordem. Os registros do passado estavam preservados, e por anos as mais velhas se dedicaram ao máximo a ensinar, deixando para o pequeno grupo de irmãs e mães tudo que possuíam de habilidades e conhecimento.

Aí está o início da Terra das Mulheres! Uma família, todas descendentes da mesma mãe! Ela viveu até os cem anos; viveu para ver suas 125 bisnetas nascerem; viveu como Rainha-Sacerdotisa-Mãe de todas; e morreu com orgulho mais nobre e mais felicidade do que talvez qualquer outra alma humana jamais tenha conhecido — havia originado uma nova raça!

As primeiras cinco filhas cresceram em uma atmosfera de calma sagrada, de espera em observância admirada, de prece sem fim. Para elas, a tão esperada maternidade não era apenas uma alegria pessoal, mas a esperança de uma nação. As 25 filhas, por sua vez, com uma esperança reforçada, uma perspectiva mais rica e ampla, com o amor e o cuidado devotados de toda a população sobrevivente, cresceram em uma irmandade sagrada, ao longo de toda a juventude ardente esperando pela função nobre. E por fim ficaram a sós; a Primeira Mãe de cabelos brancos se foi, e esta família, cinco irmãs, 25 primas, e 125 primas de segundo grau, começou uma nova raça.

Aqui tem-se seres humanos, sem dúvida, mas o que demoramos a entender foi como essas supermulheres, herdando apenas de mulheres, tinham eliminado não somente certas características masculinas, pelas quais obviamente não procuramos, mas tanto do que sempre pensamos ser essencialmente feminino.

A tradição de homens como guardiões e protetores havia desaparecido. Essas virgens resolutas não temiam homem algum e, portanto, não precisavam de proteção. Quanto a feras selvagens — não havia nenhuma naquela terra protegida.

O poder do amor materno, o instinto maternal que tanto louvamos, pertencia a elas, claro, elevado à máxima potência; mas tivemos dificuldade em confiar no amor fraterno, embora tenhamos reconhecido a relação.

Terry, incrédulo, até mesmo insolente, quando estávamos a sós, recusava-se a acreditar na história.

— Muitas tradições tão antigas quanto Heródoto... e tão fidedignas quanto! É "muito provável" que mulheres... apenas um grupinho de mulheres... tivesse se unido assim! Sabemos que mulheres não sabem se organizar, que brigam por qualquer coisa, e são tremendamente ciumentas.

— Mas lembre-se de que essas Novas Mulheres não tinham a quem invejar — falava Jeff lentamente.

— "Muito provável" — desdenhava Terry.

— Por que você não inventa uma mais provável? — sugeri. — Aqui *estão* as mulheres, apenas mulheres, e você mesmo admite que não há traço de homens neste país. — Isso foi depois de já termos explorado bastante.

— Isso eu admito — resmungou ele. — E é uma perda muito grande também. Sem eles não há diversão, esportes de verdade, competição; mas essas mulheres não são *femininas*. Sabem que não são.

Esse tipo de conversa sempre instigava Jeff; e, aos poucos, eu passei para o lado dele.

— Você não chama uma raça de mulheres cuja maior preocupação é a maternidade de... femininas? — questionou ele.

— Não chamo, não — retrucou Terry. — Por que um homem se importaria com a maternidade se não tem chance alguma de paternidade? E além disso... do que adianta conversar sobre sentimentos quando estamos apenas entre homens? O que um homem quer de uma mulher é bem mais do que essa "maternidade"!

Tínhamos a maior paciência possível com Terry. Ele estava vivendo havia cerca de nove meses com as "Coronéis" quando teve essa explosão; sem nada mais excitante do que nossa ginástica, exceto pelo fiasco da fuga. Penso que Terry nunca vivera tanto tempo sem Amor, Combate, Perigo para empregar sua energia abundante, e estava irritado. Nem Jeff nem eu achávamos tão desgastante. Eu estava tão interessado intelectualmente que nosso confinamento não me desgastou. E quanto ao Jeff — pobrezinho! — gostava tanto da companhia da tutora quanto se estivesse com uma garota.

Quanto à crítica de Terry, era verdade. Essas mulheres, cuja distinção essencial da maternidade era nota dominante de toda a sua cultura, eram muito deficientes no que chamamos de "feminilidade". O que me levou à convicção de que os "charmes femininos" que apreciamos não são nada femininos, mas apenas reflexos da masculinidade — desenvolvidos para nos agradar porque elas precisam nos agradar —, nem um pouco essenciais ao desempenho. Mas Terry não havia chegado à tal conclusão.

— Esperem quando eu sair do confinamento! — murmurou ele. Então ambos o alertamos.

— Terry, meu rapaz! Cuidado! Elas foram muito boas conosco, mas você se lembra da anestesia? Se fizer alguma travessura nesta terra virgem, cuidado com a vingança das Tias Solteironas! Vamos lá, seja homem! Não será para sempre.

Voltando à história:

Logo começaram a planejar e construir para as crianças, toda a força e a inteligência de todas devotadas a isso. Cada menina, claro, era criada sabendo de tudo sobre sua Tarefa Real, e tinham, mesmo então, ideias muito estimadas sobre o poder modelador da mãe, bem como da educação.

Que ideais nobres! Beleza, Saúde, Força, Intelecto, Bondade — para estes rezavam e trabalhavam.

Não tinham inimigos; entre si eram todas irmãs e amigas. A terra era boa, e um grande futuro começou a se formar em sua mente.

A religião que seguiam, de início, era muito parecida com a da Grécia Antiga — com deuses e deusas —, mas perderam interesse nas deidades da guerra e do lucro, e aos poucos se concentraram na Deusa Mãe. Então, conforme ficavam mais sábias, voltaram-se para uma espécie de Panteísmo Maternal.

Ali estava a Mãe Terra, produzindo frutos. Tudo que comiam era fruto da maternidade, da semente ao ovo. Pela maternidade nasceram e para a maternidade viviam — a vida era, para elas, o longo ciclo da maternidade.

Mas logo reconheceram a necessidade de melhoria além da mera repetição, e devotaram sua inteligência ao problema — como fazer as melhores pessoas. No começo, havia apenas a esperança de gerar mulheres melhores, depois perceberam que por mais que as crianças diferissem ao nascer, o crescimento real vinha depois, por meio da educação.

Assim, as coisas se puseram em marcha.

Quanto mais eu aprendia, mais apreciava o que essas mulheres haviam conquistado, e menos orgulho sentia do que nós, com toda a nossa masculinidade, fizéramos.

Entendam, elas não tinham guerras. Não tinham reis, nem padres, nem aristocracia. Eram irmãs, e conforme cresciam, cresciam juntas — não competindo, mas em ação unificada.

Tentamos elogiar a competição, e elas se interessaram bastante. De fato, logo percebemos pelas perguntas sinceras que estavam dispostas a acreditar que o nosso mundo era melhor do que o delas. Não tinham certeza, queriam saber, mas não havia arrogância quanto ao que esperar.

Nós nos esforçamos para falar das vantagens da competição: como ela desenvolvia as melhores qualidades; que sem ela "não haveria estímulo industrial". Terry tinha muita certeza disso.

— Estímulo industrial — repetiram, com aquele olhar curioso ao qual nos acostumamos. — *Estímulo? Industrial?* Mas vocês não *gostam* de trabalhar?

— Nenhum homem trabalharia, se não precisasse — declarou Terry.

— Oh, nenhum *homem!* Essa é uma de suas distinções sexuais?

— Não mesmo! — apressou-se a negar. — Ninguém, quero dizer, nenhum homem ou mulher trabalharia sem incentivo. A competição é o... o motor.

— Não é assim conosco — explicaram gentilmente —, então é difícil de entender. Querem dizer que, por exemplo, nenhuma mulher trabalharia pelos filhos sem o estímulo da competição?

Não, ele admitiu que não foi o que quis dizer. Supunha que as Mães, obviamente, trabalhariam pelos filhos em casa, mas no mundo do trabalho era diferente — isso precisava ser feito pelos homens e necessitava do elemento competitivo.

Nossas professoras ficaram extremamente interessadas.

— Queremos tanto saber... Vocês têm o mundo todo para nos contar, e nós temos apenas nossa terrinha! E há dois de vocês, os dois sexos, para se amar e se ajudar. Deve ser um mundo rico e maravilhoso. Contem-nos: que trabalho nesse mundo os homens fazem, que não temos aqui?

— Oh, tudo — respondeu Terry, grandiloquente. — Os homens fazem tudo entre nós. — Ele endireitou os ombros e expandiu o peito. — Não permitimos que nossas mulheres trabalhem. Mulheres são amadas... adoradas... honradas... e ficam no lar para cuidar das crianças.

— O que é "lar"? — perguntou Somel, um tanto sonhadora. Mas Zava implorou:

— Contem-me primeiro: mulher *nenhuma* trabalha, mesmo?

— Ora, sim — admitiu Terry. — Algumas precisam, as mais pobres.

— Por volta de quantas, no seu país?

— Cerca de sete ou oito milhões — atalhou Jeff malicioso como sempre.

6
COMPARAÇÕES ODIOSAS

Sempre tive muito orgulho do meu país, é claro. Todos têm. Comparado a outras terras e raças que conheci, os Estados Unidos da América sempre me pareceram, falando modestamente, tão bom quanto os melhores.

Mas essas mulheres — da mesma forma que uma criança inteligente, honesta e bem-intencionada afeta a autoestima de alguém com perguntas inocentes —, sem a menor aparência de malícia ou sátira, continuavam a levantar pontos que nos esforçávamos ao máximo para evitar.

Agora que estávamos proficientes na língua, tínhamos lido muito sobre a história delas, e passado as linhas gerais da nossa, elas eram capazes de perguntas mais contundentes.

Por isso, quando Jeff anunciou o número de "mulheres assalariadas" no nosso país, imediatamente perguntaram a população total, a proporção de mulheres adultas, e descobriam que havia no mínimo vinte milhões.

— Então no mínimo um terço de suas mulheres são... como chamam? Assalariadas? E são todas *pobres*. O que é *pobre*, exatamente?

— Nosso país é o melhor no quesito pobreza — contou Terry. — Não temos os paupérrimos e pedintes dos países mais antigos, garanto. Ora, os europeus nos contam que não sabemos o que é pobreza.

— Nem nós — redarguiu Zava. — Contem-nos.

Terry me deu a missão, dizendo que eu era o sociólogo, e expliquei que as leis da natureza necessitam de luta pela sobrevivência, e que na luta o mais forte sobrevive e o mais fraco não. Na nossa luta econômica, continuei, havia sempre muitas oportunidades para o mais forte subir ao topo, o que faziam, muitos deles, especialmente no nosso país; que quando havia pressão econômica severa, sim, as classes econômicas mais baixas sentiam mais, e que, entre os mais pobres, todas as mulheres eram obrigadas a entrar no mercado de trabalho por necessidade.

Elas ouviram com atenção, tomando notas, como sempre.

— Cerca de um terço, então, pertence à classe mais pobre — observou Moadine com seriedade. — E dois terços são aquelas, como você disse tão belamente, "amadas, honradas, no lar para cuidar das crianças". Esse terço inferior não gera crianças, suponho?

Jeff — que estava ficando muito parecido com elas — replicou solenemente que, pelo contrário, quanto mais pobre, mais filhos. Isso também, explicou ele, era uma lei da natureza:

— A reprodução está na proporção inversa da individualidade.

— Essas "leis da natureza" — perguntou Zava gentilmente — são as únicas leis que seguem?

— Claro que não! — protestou Terry. — Temos sistemas de leis que datam de milhares e milhares de anos, como vocês, sem dúvida — finalizou com educação.

— Oh, não — contou-lhe Moadine. — Não temos leis com mais de cem anos, e a maioria não passa dos vinte. Em algumas semanas, vamos mostrar-lhes um pouco mais de nossa terrinha e explicar tudo que desejam. Queremos que vejam nosso povo.

— E garanto — acrescentou Somel — que nosso povo quer vê-los.

Terry ficou muito animado com a notícia, e se reconciliou com as demandas renovadas de nossa capacidade como professores. Sorte que sabíamos tão pouco, e sem nenhuma referência à mão, senão, penso que estaríamos lá até hoje, ensinando essas mulheres ávidas sobre o resto do mundo.

Quanto à geografia, elas tinham a tradição do Grande Mar, além das montanhas; e podiam ver a floresta sem fim abaixo — só isso. Mas dos poucos registros das condições antigas — não "antes da enchente", mas antes do terremoto que as afastou de tudo —, sabiam da existência de outros povos e países.

Quanto à geologia, eram bastante ignorantes.

Quanto à antropologia, tinham os mesmos resquícios de informação sobre outros povos, e o conhecimento a respeito da selvageria dos ocupantes da floresta abaixo. Não obstante, inferiram (que mentes maravilhosamente aptas à inferência e dedução!) a existência e o desenvolvimento de civilização em outros lugares, da mesma forma que inferimos a respeito de outros planetas.

Quando nosso biplano apareceu zunindo sobre suas cabeças naquele primeiro voo de reconhecimento, no mesmo instante o tomaram como prova de alto desenvolvimento de Algures, e se prepararam para nos receber com cuidado e animação, da mesma forma que nos prepararíamos para receber visitantes que viessem "de meteoro" de Marte.

De história — exceto a própria —, não sabiam coisa alguma, é claro, a não ser por tradições antigas.

De astronomia, seu conhecimento era suficiente — é uma ciência muito antiga, daí seu alcance e sua habilidade matemáticos surpreendentes.

Com fisiologia, eram bem familiarizadas. De fato, nas ciências mais simples e concretas, com o objeto ao alcance e apenas o exercício mental, os resultados eram surpreendentes. Desenvolveram uma química, botânica, física, com todas as composições nas quais a ciência se mescla à arte, ou vira uma indústria, com conhecimento tão completo que nos sentimos estudantes primários.

Também descobrimos que — assim que tivemos liberdade pelo país, com mais estudo e questionamento — o que uma sabia, todas sabiam, bem amplamente.

Mais tarde, conversei com garotinhas das montanhas, nos vales cobertos de abetos bem distantes, e com mulheres queimadas de sol do campo, com silvicultoras ágeis, por toda aquela terra, bem como nas cidades, e por toda parte o alto nível de inteligência era constante. Algumas tinham conhecimentos profundos — eram especializadas, é claro —, mas todas sabiam sobre tudo, quero dizer, tudo do qual o país soubesse, diferente do que acontece conosco.

Gabamo-nos do nosso "alto nível de inteligência geral" e nossa "educação pública compulsória", mas, dada a proporção de oportunidades, elas eram bem mais educadas.

Com o que contamos, com os esboços e modelos que fomos capazes de preparar, elas criaram uma espécie de linha de trabalho para preencher conforme aprendiam mais.

Fizeram um grande globo, e nossos mapas incertos, com ajuda daquela enciclopédia preciosa que eu carregava, foram desenhados nele.

Sentavam-se em grupos ávidos, muitas, que vinham com esse propósito, e ouviam com atenção enquanto Jeff esboçava a linha geológica da terra e mostrava o país delas em relação aos outros. Da mesma enciclopédia, saíam fatos e dados que eram captados e relacionados corretamente com perspicácia infinita.

Até mesmo Terry se interessou por esse trabalho.

— Se o mantivermos, elas vão nos colocar para palestrar em todas as escolas, para as garotas... que tal, hein? Não faço objeção de ser Autoridade para tais audiências.

Elas, de fato, nos incentivaram a dar palestras públicas, mas não a ouvintes ou com o propósito esperado.

O que elas faziam era mais como... como... bem, digamos, como Napoleão extraindo informação militar de alguns camponeses analfabetos. Sabiam exatamente o que perguntar, e o que fazer com a resposta; possuíam aparelhos mecânicos para disseminação da informação, semelhantes aos nossos; e quando fomos, enfim, levados a uma palestra, nossa audiência já havia digerido habilmente tudo que havíamos anteriormente ensinado às professoras, e fomos recebidos com notas e perguntas que intimidariam um professor universitário.

Mas o público não era composto de garotas. Demorou um pouco mais para podermos conhecê-las.

— Podem nos contar o que pretendem fazer conosco? — Terry soltou um dia, encarando a calma e amigável Moadine, com aquele ar engraçado de quem fala sério brincando. No começo, ele costumava ser intempestivo e agitado, mas nada mais parecia causar admiração; elas se reuniam e o observavam como se fosse uma exibição, educadas, mas com interesse evidente. Então ele aprendeu a se controlar, e quase ficou sensato em sua atitude — quase.

Ela anunciou suavemente, sem sobressalto:

— É claro. Pensei que já soubessem. Estamos tentando aprender tudo que for possível, e ensinar tudo que desejarem sobre nosso país.

— Só isso? — insistiu ele.

Ela sorriu um sorriso bastante enigmático.

— Depende.

— Do quê?

— Principalmente de vocês mesmos — foi a resposta.

— Por que nos restringem tanto?

— Porque não nos sentimos seguras em permitir que saiam sozinhos com tantas jovens mulheres.

Terry ficou muito satisfeito. Era o que ele pensava consigo mesmo, mas continuou a questionar:

— Por que teriam medo? Não somos cavalheiros?

Ela sorriu o mesmo sorriso e perguntou:

— "Cavalheiros" estão sempre resguardados?

— Certamente não pensa que qualquer um de nós — continuou ele com bastante ênfase em "nós" — machucaria uma das meninas?

— Oh, não — disse ela rapidamente, surpresa. — O perigo é justamente o contrário. Elas podem ferir vocês. Se, por algum acidente, vocês machucassem uma de nós, teriam de enfrentar um milhão de mães.

Ele ficou tão perplexo e enraivecido que Jeff e eu rimos abertamente, mas ela permaneceu polida.

— Acho que não entenderam ainda. Vocês são apenas homens, três, em um país cuja população é totalmente composta de mães — e futuras mães. A maternidade significa para nós algo que ainda não descobri em nenhum dos países que descreveram. Vocês falaram — ela se virou para

Jeff — que a Fraternidade Humana é uma ideia importante para vocês, mas mesmo isso julgo ser algo distante do que é praticado, não é?

Jeff assentiu tristemente.

— Muito distante...

— Aqui temos a Maternidade Humana... totalmente na prática — prosseguiu ela. — Nada mais, exceto a irmandade literal de nossa origem, e a união profunda e nobre de nosso crescimento social. As crianças deste país são o centro e o foco de todos os nossos pensamentos. Cada passo do nosso avanço é considerado em relação a elas... à raça. Entendam: somos *Mães* — repetiu ela, como se com essa palavra dissesse tudo.

— Não sei como esse fato, compartilhado por todas as mulheres, pode ser um risco para nós — persistiu Terry. — Você diz que elas defenderiam as filhas de um ataque. Claro. Todas as mães o fariam. Mas não somos selvagens, minha querida senhora, não vamos ferir a filha de ninguém.

Olharam um para o outro e assentiram de leve, mas Zava virou-se para Jeff e pediu que ele nos esclarecesse — disse que ele parecia entender melhor. E ele tentou.

Percebo agora, ou, pelo menos, melhor, mas demorei, com muito esforço intelectual sincero.

O que elas chamavam de Maternidade era isto:

Começaram com um alto nível de desenvolvimento social, algo semelhante ao Egito ou à Grécia antigos. Então perderam toda a masculinidade, e suponho que, de início, toda a força e segurança humanos. Depois, desenvolveram a capacidade de geração virgem. Em seguida, já que a prosperidade dos descendentes dependia disso, a mais completa e sutil coordenação passou a ser praticada.

Lembro o quanto Terry escarneceu da unanimidade evidente entre essas mulheres — o traço mais notável de toda aquela cultura.

— É impossível — insistia ele. — Mulheres não cooperam... é contra a natureza delas.

Quando apresentávamos os fatos óbvios, ele dizia: "Disparates!" ou "Para o inferno com seus fatos. Estou falando: impossível!". E ele não se calou até Jeff mencionar os himenópteros.

— "Observe a formiga, preguiçoso"...[4] e aprenda algo — disse ele triunfantemente. — Elas não cooperam bem? Não há de se negar. Este lugar é como um formigueiro gigante... Você sabe que um formigueiro não passa de um berçário. E quanto às abelhas? Não conseguem cooperar e se amar? Como dizia o honorável Constable,[5] mostre-me machos que trabalham juntos tão bem. Seja pássaro, inseto ou fera. Ou um de nossos países masculinos, onde as pessoas trabalhem juntas tão bem quanto aqui! Estou falando, mulheres são naturalmente cooperativas, não homens!

---

[4] Nota do tradutor: Provérbios 6:6.
[5] Nota do editor: Henry Constable, "As the birds do love the Spring/Or the bees their careful king", "Assim como os pássaros amam a primavera/ Ou as abelhas, seu zeloso rei."

Terry precisou aprender muitas coisas que não gostaria. Voltando à minha breve análise do que aconteceu:

Desenvolveram esses serviços interpessoais tão próximos por conta das crianças. Para fazer o melhor, precisavam se especializar, é claro; as crianças precisavam de fiandeiras e tecedeiras, fazendeiras e agricultoras, carpinteiras e pedreiras, bem como de mães.

Então o lugar foi sendo preenchido. Quando uma população se multiplica por cinco a cada trinta anos, em breve atinge os limites do país, em especial, um tão pequeno. Logo eliminaram o gado do pasto — ovelhas foram as últimas, acredito. E também trabalharam em um sistema de agricultura intensiva maior do que qualquer coisa que eu já tivesse visto, com as próprias florestas transformadas em viveiros de nozes e frutas.

Mas não importa o que fizessem, logo veio o tempo em que foram confrontadas com o problema "populacional" de forma aguda. Havia de fato muita gente, e, inevitavelmente, um declínio nos padrões.

E como essas mulheres lidaram com isso?

Não com a "luta pela sobrevivência" que resultaria em uma massa duradoura e agitada de pessoas subdesenvolvidas tentando ultrapassar umas às outras — algumas poucas no topo, temporariamente, muitas constantemente pisoteadas abaixo, um substrato desesperançado de necessitados e degenerados, nada de paz nem serenidade para ninguém, nenhuma possibilidade de qualidades realmente nobres entre as pessoas, no geral.

Nem iniciaram expedições predatórias para arrancar terra de outrem ou comida de outrem, para manter a massa lutadora.

Não mesmo. Reuniram um conselho e pensaram. Pensadoras racionais e poderosas. Disseram: "Com nossos melhores esforços, este país suporta tantas pessoas, com o padrão de paz, conforto, saúde, beleza e progressos que exigimos. Muito bem. Esse será nosso número máximo de habitantes."

Aí está. Vejam bem, elas eram Mães, não no nosso sentido de fecundidade involuntária, forçadas a preencher e transbordar a terra, qualquer terra, e então ver sua prole sofrer, pecar e morrer, lutando cruelmente um contra o outro; mas no sentido de Geradoras Conscientes de Pessoas. O amor de mãe entre elas não era uma paixão bruta, um mero "instinto", um sentimento totalmente pessoal: era uma religião.

Incluía aquele sentimento infinito de irmandade, aquela união ampla em serviço, tão difícil para nós entendermos. E era Nacional, Racial, Humano — nem sei como colocar.

Estamos acostumados a ver o que chamamos de "mãe" completamente capturada pelo seu bebê rosado, levemente e em teoria interessada pelo bebê alheio, sem falar pelas necessidades comuns de *todos* os bebês. Mas essas mulheres trabalhavam juntas na maior das tarefas — Fazer Pessoas — e a cumpriam bem.

Seguiu-se um período de "eugenia negativa", que deve ter sido um sacrifício absurdo. Somos capazes de "dar a vida" pelo país, mas elas precisaram abrir mão da maternidade pelo país — o mais difícil que poderiam fazer.

Ao alcançar esse ponto na leitura, procurei Somel para esclarecimento. A essa altura, tinha com ela mais amizade do que jamais tive com outra mulher. Ela era uma alma muito sossegada, que emitia a sensação maternal que um homem aprecia em uma mulher, ao mesmo tempo que fornecia inteligência límpida e confiança, características que eu costumava supor masculinas. Já tínhamos conversado imensamente.

— Sabe — falei —, chegou um período temeroso em que tiveram que limitar a população. Conversamos muito sobre isso entre nós, mas nossa posição é tão diferente que eu gostaria de saber mais. Entendo que o maior serviço social para vocês é a Maternidade; um sacramento, na verdade. Que só é cumprido uma vez pela maioria. Que aquelas inadequadas não recebem permissão, e que receber o encorajamento de procriar mais de uma vez é a maior recompensa e honra dentro do poder estatal.

(Ela interveio aqui, dizendo que o mais próximo de aristocracia que havia era a linha de "Mais Mães", aquelas que receberam a honra.)

— Mas o que não entendo, naturalmente, é como prevenir. Entendi que cada mulher tinha cinco. Não há marido tirânicos para conter... e certamente não eliminam os nascituros...

Jamais esquecerei a expressão de puro horror que ela me deu. Ela se levantou da cadeira, pálida, com olhos furiosos.

— Eliminar os nascituros...! — falou entre dentes. — Homens fazem isso no seu país?

— Homens! — comecei a responder, um tanto nervoso, e então vi o abismo diante de mim.

Nenhum de nós queria que essas mulheres pensassem que *nossas* mulheres, de quem nos gabávamos com tanto orgulho, fossem de algum modo inferior a elas. Sinto vergonha em assumir que fui ambíguo. Afirmei que alguns tipos de criminosas — pervertidas ou loucas, já haviam cometido infanticídio. Contei, com sinceridade dessa vez, que muito na nossa terra estava sujeito à crítica, mas que eu detestava demorar-me nos nossos defeitos até que entendessem melhor a nós e nossas condições.

E, seguindo uma rota indireta, voltei à questão de como limitavam a população.

Somel parecia arrependida, um pouco envergonhada até, por ter expressado assombro de forma tão irrefreada. Olhando para trás, conhecendo-as melhor, fico cada vez mais impressionado ao apreciar a cortesia impecável que nos ofereciam ao escutar tantas declarações e admissões de nossa parte que devem ter-lhes revoltado a alma.

Ela me explicou, com seriedade doce, que, como percebi, no começo cada mulher dava à luz cinco crianças; e assim, com o desejo de criar uma nação, seguiram por séculos, até se confrontarem com a necessidade absoluta de um limite. Esse fato estava claro para todos nós — estávamos todos igualmente interessados.

Ficaram então ansiosas para conter esse poder maravilhoso da mesma forma que ficaram para desenvolvê-lo; e por algumas gerações refletiram e estudaram o assunto com seriedade.

— Antes de resolvermos o problema, vivíamos à base de cotas — contou ela. — Mas, por fim, resolvemos. Veja, antes de uma criança surgir para uma de nós, há um período de pura exaltação — o ser por completo é elevado e preenchido por um desejo concentrado pela criança. Aprendemos a prever esse período com muita cautela. Com frequência, nossas jovens, aquelas para quem a maternidade ainda não havia chegado, o evitavam voluntariamente. Quando aquela exigência profunda pela criança começava a ser sentida, elas se envolviam deliberadamente em trabalho ativo, físico e mental; e ainda mais importante, encontravam consolo no cuidado direto das bebês já existentes.

Ela fez uma pausa. O rosto doce e sábio exprimiu um carinho profundo e reverente.

— Logo percebemos que o amor de mãe possui mais de um canal de expressão. Penso que um dos motivos por que nossas crianças sejam tão... tão completamente amadas, por todas nós, é que nunca nenhuma de nós tem o suficiente das nossas próprias.

Para mim, isso pareceu infinitamente patético, e exprimi:

— Temos muitas coisas amargas e duras nas nossas vidas, mas isso me parece digno de pena: uma nação inteira de mães carentes!

Mas ela sorriu seu sorriso profundo e satisfeito, e me contou que eu havia entendido tudo errado.

— A cada uma de nós falta um certo aspecto de alegria pessoal — disse —, mas, lembre-se: temos um milhão de crianças para amar e servir... *nossas* crianças.

Eu não compreendia. Ouvir várias mulheres falar sobre "nossas crianças"! Mas suponho que assim falariam as formigas e as abelhas — ou falam, talvez.

Era assim que elas faziam, de qualquer modo.

Quando uma mulher escolhia ser mãe, permitia o desejo pela criança crescer dentro dela até que o milagre acontecesse. Quando não escolhia, afastava o pensamento da mente e alimentava o coração com outros bebês.

Vejamos, entre nós, os menores de idade constituem cerca de três quintos da população; entre elas, um terço ou menos. E preciosos! Sequer um herdeiro do trono, sequer um bebê milionário, sequer um filho único de pais idosos poderia comparar sua idolatria às das crianças da Terra das Mulheres.

Mas, antes de iniciar esse assunto, devo terminar a pequena análise que tentava fazer.

Elas conseguiram efetiva e permanentemente limitar os números populacionais, de forma que o país oferecesse a vida mais completa e rica para todas: o bastante de tudo, incluindo espaço, ar, e até mesmo solidão.

E lançaram-se ao trabalho de melhorar a qualidade da população — já que estavam restritas em quantidade. Nisso, trabalharam, ininterruptamente, por cerca de quinhentos anos. Você ainda duvida de que eram boas pessoas?

Fisiologia, higiene, saneamento, cultura física — toda essa linha de trabalho foi aperfeiçoada ao longo do tempo. A doença era quase totalmente desconhecida por elas, de tal forma que um avanço prévio no que chamamos "ciência médica" era uma arte perdida. Eram um grupo bem-criado e vigoroso, que recebia o melhor cuidado, sempre a melhor condição de vida.

Na questão da psicologia — nada nos deixou mais perplexos, embevecidos, quanto o conhecimento diário na prática delas. Quanto mais aprendemos a respeito, mais apreciamos a maestria com que nós, estranhos de uma raça forânea, do sexo oposto e desconhecidos, fomos compreendidos e recebemos o necessário desde o início.

Com esse conhecimento amplo, profundo e completo, elas resolveram problemas educacionais os quais espero esclarecer mais à frente. Essa nação amante da infância comparava-se à média do nosso país como a mais bem cultivada e perfeita rosa se compara a... salsolas. No entanto, elas não *pareciam* "cultivadas" — havia se tornado sua condição natural.

E esse povo, constantemente desenvolvendo sua capacidade mental, sua força de vontade, sua devoção social, havia se envolvido com artes e ciências — até o ponto em que as conhecia — por bons séculos, agora com sucesso inevitável.

Nessa terra pacata e adorável, entre essas mulheres sábias, doces e fortes, nós, com suposta superioridade óbvia, chegamos de repente; e então, domados e treinados até chegarmos a um nível considerado seguro, fomos, enfim, levados ao país de fato, para conhecer seu povo.

7 NOSSA MODÉSTIA CRESCENTE

Enfim considerados suficientemente domados e treinados para lidarmos com tesouras, pudemos nos barbear da melhor forma possível. Uma barba curta é mais confortável que uma comprida. Naturalmente, não puderam providenciar lâminas.

— Com tantas velhas, era de se pensar que haveria umas lâminas de barbear — zombou Terry. Ao que Jeff salientou que nunca vira tal ausência de pelos faciais em mulheres.

— Parece-me que a ausência de homens as tornou mais femininas nessa questão — sugeriu ele.

— Bem, só nessa então — Terry concordou relutantemente. — Uma turminha menos feminina, nunca vi. Uma criança por pessoa não me parece o suficiente para desenvolver o que chamo de qualidade maternal.

A ideia de qualidade maternal de Terry era a comum, envolvendo bebês no regaço ou "na barra da saia", e a completa absorção da mãe pelo dito bebê. A qualidade maternal que dominava a sociedade, que influenciava todas as artes e indústrias, que protegia absolutamente a infância, e lhe proporcionava o melhor cuidado e treino não parecia maternal — para Terry.

Já estávamos bem acostumados às roupas. Eram muito confortáveis — até mais do que as nossas — e, sem dúvida, mais bonitas. Quanto aos bolsos, não deixavam a desejar. A segunda camada da veste era bem fornida de bolsos engenhosamente arranjados, convenientes à mão, sem atrapalhar o corpo, e dispostos de forma a reforçar o tecido e adicionar linhas decorativas de costura.

Nisso, e em muitas outras questões que observávamos, via-se a ação da inteligência prática, associada a um sentimento artístico refinado, e, aparentemente, desembaraçado de qualquer influência danosa.

Nosso primeiro passo em semiliberdade foi um passeio guiado pelo país. Sem as cinco guarda-costas agora! Apenas nossas tutoras especiais, e nós nos dávamos muito bem com elas. Jeff dizia que amava Zava como a uma tia — "só que mais divertida do que qualquer tia que já conheci". E Somel e eu éramos inseparáveis, os melhores amigos. Mas era divertido observar Terry e Moadine. Ela era paciente com ele, cortês, mas era a paciência e a cortesia de um grande homem, digamos, de uma diplomata hábil e experiente, para com uma colegial. A aquiescência séria diante da mais absurda expressão sentimental dele; a risada cordial, não apenas com ele, mas, muitas vezes, senti, dele — embora impecavelmente educada; as questões inocentes, que invariavelmente o levavam a contar mais do que pretendia. Jeff e eu nos divertíamos observando.

Ele nunca parecia reconhecer aquele fundo de superioridade quieta. Quando ela desistia de uma discussão, sempre pensava tê-la silenciado; quando ela ria, ele pensava ser por conta de sua sagacidade.

Odiava admitir para mim mesmo o quanto Terry tinha caído em minha estima. Jeff sentia o mesmo, tenho certeza, mas nunca admitimos um para o outro. Em casa, nós o tínhamos comparado a outros homens, e, embora soubéssemos de suas falhas, não era de modo algum um tipo incomum. Conhecíamos suas virtudes também, e elas sempre pareceram mais proeminentes do que os defeitos. Comparado pelas mulheres — as mulheres da família, digo —, ele sempre fora bem cotado. Era ostensivamente popular. Mesmo onde seus hábitos eram conhecidos, não havia discriminação; em alguns casos, a reputação, oportunamente nomeada "boa disposição", parecia um charme especial.

Mas ali, diante da calma sábia e do humor contido daquelas mulheres, com apenas o pobre do Jeff e meu ser discreto de comparação, Terry se destacava agressivamente.

Como "homem entre homens", não; como homem entre... devo dizer, "fêmeas", também não; sua masculinidade intensa parecia complementar a feminilidade intensa delas. Mas ali ele não se encaixava.

Moadine era uma mulher grande, com força equilibrada que quase não demonstrava. Olhos quietos e observadores como os de um esgrimista. Mantinha uma relação agradável com aquelas sob seu comando, o que duvido, mesmo naquele país, fosse alcançável por muitas, tão bem.

Ele a chamava de "Maud", quando estávamos a sós, e dizia que era "uma boa alma, apenas meio lenta", no que estava completamente equivocado. Desnecessário contar que chamava a professora de Jeff de "Java", ou às vezes "Coada", ou simplesmente "Café", quando se sentia especialmente tinhoso, de "Cevada" ou até mesmo de "Nescafé". Mas Somel acabou escapando desse tipo de piada, exceto por um forçado "Só Mel".

— Vocês só têm um nome? — perguntou ele certo dia, depois de termos sido apresentados a um grupo, todas com nomes exóticos, curtos e agradáveis, como os que já conhecíamos.

— Oh, sim — respondeu Moadine. — Várias de nós ganhamos outro, conforme ficamos adultas, um descritivo. É o nome que conquistamos. Às vezes, ele muda também, ou se acrescenta algo, em uma vida incomumente rica. Como a nossa Mãe da Terra... o que vocês chamam de presidente ou rei, creio. Ela se chamava Mera, quando criança, que significa "pensadora". Depois foi acrescentado Du, Du-Mera, a sábia pensadora, e agora todas a conhecemos por O-du-mera, grande e sábia pensadora. Vão conhecê-la.

— Nenhum sobrenome então? — prosseguiu Terry com seu ar um pouco paternalista. — Nenhum nome de família?

— Ora, não — disse ela. — Por que deveríamos ter? Somos todas descendentes de uma fonte comum, uma única "família", na verdade. Vejam, nossa história, comparativamente menor e limitada, nos dá pelo menos uma vantagem.

— Mas a mãe não quer que a filha carregue seu nome? — perguntei.

— Não... por quê? A criança tem seu próprio nome.

— Ora, para... para identificação... para as pessoas saberem de quem é a criança.

— Mantemos registros minuciosos — disse Somel. — Cada uma de nós tem sua própria linha de ascendência até nossa querida Primeira Mãe. Há muitas razões para isso. Mas para todos saberem a quem pertence a criança... para quê?

Nesse momento, em tantas outras instâncias, fomos levados a perceber a diferença entre a atitude mental puramente maternal e paternal. O elemento de orgulho pessoal parecia não pertencer à primeira.

— E quanto aos seus outros trabalhos? — questionou Jeff. — Não assinam livros, estátuas...?

— Sim, claro, com alegria e orgulho. Não somente livros e estátuas, mas qualquer tipo de trabalho. Encontrará nomes em casas, móveis, até em pratos. Porque, de outro modo, podem se esquecer, e queremos que todas saibam a quem ser gratas.

— Você fala como se fosse feito para conveniência da consumidora, não pelo orgulho da produtora — sugeri.

— Ambos — disse Somel. — Somos orgulhosas de nosso trabalho.

— Então por que não das crianças? — insistiu Jeff.

— Mas somos! Extremamente orgulhosas delas — persistiu ela.

— Então por que não assiná-las? — questionou Terry triunfantemente.

Moadine virou-se para ele com aquele sorriso levemente zombeteiro.

— Porque o produto final não é privado. Quando são bebês, falamos sobre elas, às vezes, assim: "a Lato, da Essa" ou a "Amel, da Novine", mas apenas como forma de descrição em uma conversa. Nos registros, é claro, a criança aparece na sua linhagem de mães; mas ao lidarmos com elas pessoalmente, são Lato ou Amel, sem arrastar as ancestrais junto.

— Mas há nomes suficientes para dar um novo a cada criança?

— Certamente que sim, para cada geração viva.

Então perguntaram sobre nossos métodos, e descobriram primeiro que "nós" fazíamos assim e assado, e as outras nações difeririam. Depois, quiseram saber qual método foi considerado melhor — e admitimos que até o momento não houvera tentativa de comparação, cada povo seguia seu costume certo de sua superioridade, desprezando ou ignorando os outros.

Com essas mulheres, a qualidade que mais se destacava em todas as suas instituições era a razoabilidade. Quando examinei os registros para seguir a linha de desenvolvimento, isso foi o mais impressionante — o esforço consciente de melhoria.

Desde cedo observaram o valor de certas melhorias, inferiram facilmente que havia espaço para outras, e se esforçaram em desenvolver dois tipos de mente: a crítica e a inventora. Aquelas que demonstravam tendência a observar, discriminar, sugerir, recebiam treinamento especial para essa função; e algumas de suas funcionárias de mais alta patente passavam o tempo em estudo de algum tipo de trabalho, em busca de sua melhoria.

A cada geração certamente aparecia uma nova mente para detectar defeitos e ressaltar a necessidade de alterações; e o corpo de inventoras ficava disponível para aplicar sua faculdade especial ao ponto criticado e oferecer sugestões.

Havíamos aprendido a essa altura a não começar nenhuma discussão sobre uma característica delas sem antes nos prepararmos para responder questões sobre nossos próprios métodos; então me mantive bem quieto nessa questão de melhoria consciente. Não estávamos preparados para demonstrar que nosso método fosse melhor.

Crescia em nossa mente — ao menos na minha e na de Jeff — uma apreciação entusiástica das vantagens desse país estranho e de sua administração. Terry permanecia crítico, pelo que culpávamos seus nervos. Ele certamente andava irritável.

A característica mais evidente de todo aquele país era a perfeição do fornecimento alimentício. Percebemos isso logo na nossa primeira caminhada pela floresta, na primeira visão parcial do avião. Então fomos levados para conhecer essa horta imensa e seus métodos de cultivo.

O país era mais ou menos do tamanho da Holanda, algo entre dezesseis a dezenove quilômetros quadrados. Era possível perder várias Holandas ao longo dos flancos montanhosos sufocados por florestas. Sua população era de cerca de três milhões — não era grande, mas tinha qualidade. Três milhões são o bastante para variação considerável, e essas pessoas variavam mais amplamente do que percebemos de início.

Terry tinha insistido que se fossem partenogênicas, seriam tão parecidas quanto formigas e pulgões; as diferenças visíveis, ele relacionava como prova de que haveria homens... em algum lugar.

Mas quando perguntamos, depois, em conversas mais íntimas, como justificavam tanta divergência sem fertilização cruzada, atribuíram à educação cuidadosa, que acompanhava cada tendência mínima à diferença, e parcialmente à lei da mutação. Descobriram-na no seu manuseio de plantas, e a comprovaram no próprio caso.

Fisicamente, eram mais parecidas do que nós somos, com ausência de tipos mórbidos e excessivos. Eram altas, fortes, saudáveis e belas como raça, mas diferiam individualmente em uma ampla variedade de feições, cores e expressões.

— Mas certamente o crescimento mais importante é na mente... e nas coisas que fazemos — argumentou Somel.

— Vocês acreditam que a variação física acompanha uma variação proporcional em ideias, sentimentos e produções? Ou entre pessoas mais semelhantes há mais semelhança também na sua vida interna e no trabalho?

Estávamos bem incertos quanto a esse ponto, e inclinados a insistir que haveria mais chance de melhoria com mais variação física.

— Certamente deve ser — admitiu Zava. — Sempre pensamos ser um grande azar inicial termos perdido metade do nosso pequeno mundo. Talvez tenha sido um dos motivos pelos quais nos dedicamos tanto à melhoria consciente.

— Mas traços adquiridos não são transmitidos — declarou Terry. — Weissman já o provou.

Elas nunca desafiavam nossas afirmações absolutas, apenas anotavam.

— Se é assim, nossa melhoria deve ocorrer por conta de mutação ou simplesmente educação — prosseguiu ela com seriedade. — Certamente melhoramos. Pode ser que todas essas qualidades superiores estivessem latentes na mãe original, que a educação cuidadosa as atraia para a superfície, e que nossas diferenças pessoais dependam de variações sutis em condição pré-natal.

— Acho que é mais a questão de cultura acumulada — sugeriu Jeff. — E do impressionante amadurecimento psicológico que alcançaram. Sabemos muito pouco sobre métodos de cultivo real da alma... e vocês parecem saber tanto.

Fosse o que fosse, elas seguramente apresentavam um nível superior de inteligência ativa e comportamento, até onde podíamos ter entendido. Tendo conhecido em nossas vidas algumas pessoas que apresentavam a mesma cortesia delicada e eram igualmente agradáveis no convívio, ao menos quando exibiam seus "modos públicos", supomos que nossas companheiras tivessem sido cuidadosamente escolhidas. Mais tarde, ficamos cada vez mais impressionados com o fato de que tudo isso se tratava de criação; nasciam nisso, eram criadas nisso, que para elas era natural e universal como a gentileza das pombas ou a suposta sabedoria das serpentes.

Quanto à inteligência, confesso que era o traço mais impressionante, e também o mais mortificador de toda a Terra das Mulheres. Logo deixamos de comentar sobre isso ou outros assuntos que para elas eram tão banais e que apenas exibiriam nossas próprias condições embaraçosas.

O que também era demonstrado na questão do fornecimento alimentício, que agora tentarei descrever.

Tendo aprimorado a agricultura até o ápice, e cuidadosamente estimado o número de pessoas que viveriam confortavelmente dentro de seus quilômetros quadrados; tendo limitado a população a esse número, era de se pensar que a tarefa estivesse encerrada. Mas não pensaram assim. Para elas, o país era uma unidade — era delas. Elas mesmas eram uma unidade, um grupo consciente; pensavam em termos de comunidade. Como tal, seu senso temporal não era limitado às esperanças e ambições de uma vida individual. Portanto, habitualmente consideravam e implementavam planos de aperfeiçoamento que cobriam séculos.

Eu nunca vira, mal conseguira imaginar, seres humanos se dando ao trabalho de replantar uma área florestal inteira com tipos de árvores diferentes. Para elas, no entanto, parecia um simples senso comum, como um homem que capina o mato para semear. Agora cada árvore era frutífera — frutas comestíveis, claro. Uma árvore, da qual muito se orgulhavam, a princípio não dava fruta alguma — comestível —, no entanto, era tão bela que gostariam de mantê-la. Por novecentos anos fizeram experimentos, e agora exibiam essa espécie particularmente graciosa, com uma safra copiosa de sementes nutritivas.

Decidiram rapidamente que árvores eram as melhores plantas alimentícias, pois exigiam bem menos trabalho para o preparo do solo, forneciam uma grande quantidade de comida em troca de pouco espaço de terra e também auxiliavam na preservação e enriquecimento do solo.

Foi dada a atenção necessária às colheitas sazonais, e suas frutas e nozes, grãos e bagas, obtendo algo quase o ano todo.

Na parte mais alta do terreno, perto da parte de trás do paredão, nevava no inverno. Na direção sudeste, viam-se um vale amplo e um lago cujo escoadouro era subterrâneo, com o clima semelhante ao da Califórnia, com frutas cítricas, figos e azeitonas em abundância.

O que impressionou particularmente foi o esquema de fertilização. Ali estava um lugar confinado no qual se pensaria que um povo tivesse morrido de fome há muito ou lutasse anualmente pela sobrevivência. Essas cultivadoras cuidadosas desenvolveram uma fórmula perfeita para realimentar o solo com tudo que dele saísse. Todos os restos e sobras de alimento, dejetos de plantas das lenhas ou da indústria têxtil, todo o material sólido dos esgotos, apropriadamente tratado e refeito — tudo que saísse da terra voltava para ela.

O resultado prático foi igual àquele de qualquer floresta saudável: um solo cada vez mais rico, em vez do empobrecimento progressivo que víamos com frequência no resto do mundo.

Quando observamos tudo isso pela primeira vez, fizemos comentários tão elogiosos que elas se surpreenderam com o fato de um senso comum tão óbvio ser enaltecido; perguntaram sobre nossos métodos; e tivemos alguma dificuldade em... bem, em desviar de assunto, referindo-nos à amplidão de nossa terra, sem admitir a forma descuidada com que a tínhamos desnaturado.

Ao menos pensamos ter desviado do assunto. Mais tarde descobri que, além da anotação minuciosa dos nossos relatos, fizeram uma espécie de tabela na qual as coisas que dissemos e as que evidentemente evitamos estavam todas anotadas e foram estudadas. Realmente era brincadeira de criança para essas educadoras exímias extrair uma estimativa penosamente acurada de nossas condições — em poucas linhas. Quando alguma linha de observação parecia levar a uma inferência muito negativa, sempre nos ofereciam o benefício da dúvida, deixando-a aberta para receber mais dados. Elas simplesmente não acreditavam em algumas coisas que passamos a aceitar como perfeitamente naturais ou pertencentes às nossas limitações humanas; e, como eu disse, havíamos feito um acordo tácito para esconder muito do status social de nosso lar.

— Confundir as vovós! — disse Terry. — Claro que elas não entendem o Mundo dos Homens! Não são humanas... são apenas um bando de Fê-fê-Fêmeas! — Isso foi depois de ele admitir a partenogênese.

— Quisera nossas mentes de avôs alcançassem tanto — comentou Jeff. — Acha que é nosso crédito ter sobrevivido à pobreza, às doenças e que tais? Elas têm paz, e muita, riqueza e beleza, bondade e intelecto. Para mim, um ótimo povo!

— Você vai encontrar os defeitos delas também — insistia Terry, e parcialmente em autodefesa, começamos a procurar esses defeitos. Tínhamos sido muito veementes nesse assunto antes de chegarmos — nessas especulações não embasadas.

— Suponhamos um país apenas de mulheres — dissera Jeff repetidamente. — Como seria?

E fôramos presunçosos quanto às inevitáveis limitações, falhas e vícios de uma população feminina. Esperávamos que elas fossem sujeitas ao que chamamos de "vaidade feminina" — "babados e frufrus" — e descobrimos que haviam desenvolvido um traje mais perfeito que as vestes chinesas, belíssimo quando assim queriam, sempre útil, de dignidade e bom gosto indiscutíveis.

Esperávamos monotonia submissa e tediosa, e encontramos uma inventividade social ousada, muito além da nossa, e desenvolvimento mecânico e científico igual ao nosso.

Esperávamos mesquinharia, e encontramos consciência social em comparação com a qual nossas nações pareceram crianças briguentas — e birrentas.

Esperávamos ciúmes, e encontramos afeição irmanada, inteligência correta, da qual não possuíamos paralelo.

Esperávamos histeria, e encontramos saúde e vigor, temperamento calmo, para o qual o hábito da profanidade, por exemplo, era impossível de explicar — e nós tentamos.

Terry também admitia tudo isso, mas ainda insistia que logo encontraríamos o outro lado.

— É uma explicação racional, não? — argumentava. — A coisa toda é antinatural, diria impossível, se não estivéssemos aqui. E uma condição antinatural certamente tem resultados antinaturais. Encontrarão características terríveis... vocês verão! Por exemplo... não sabemos ainda o que fazem com as criminosas... as defeituosas... as idosas. Perceberam que não vimos nenhuma? Aí tem coisa!

Estava inclinado a pensar que ali haveria coisa, então agarrei o touro pelos chifres — a vaca, quero dizer! — e perguntei para Somel.

— Quero encontrar algum defeito em toda essa perfeição — falei abertamente. — É simplesmente impossível que três milhões de pessoas não tenham defeito algum. Estamos nos esforçando para entender e aprender. Poderia nos ajudar dizendo quais são as piores qualidades nessa civilização única?

Estávamos sentados sob a sombra de uma árvore, num daqueles jardins-hortas delas. A comida deliciosa fora saboreada, e ainda havia um prato de frutas diante de nós. De um lado, víamos um trecho do campo aberto, rico e belo; do outro, o jardim, com mesas aqui e ali, distanciadas o suficiente para privacidade. Devo dizer que por conta de todo o cuidado com o "equilíbrio populacional", não havia multidões nesse país. Havia espaço e privacidade, liberdade sob a brisa ensolarada, em toda parte.

Somel pousou o queixo na mão, o cotovelo sobre a mureta a seu lado, e olhou para o horizonte.

— Claro que temos defeitos... todas nós — disse ela. — De certa forma, podemos dizer que temos mais do que antes... quero dizer, nosso padrão de perfeição parece escapar cada vez mais. Mas não nos damos por vencidas, pois nossos registros mostram ganho considerável.

"Quando começamos, mesmo com o início por meio de uma mãe particularmente nobre, herdamos características de uma raça antiga anterior a ela. E elas ressurgem de vez em quando... é alarmante. Mas, sim, há seiscentos anos não temos o que se chama de uma 'criminosa'.

"Claro que nossa ordem do dia é instruir, evitar a reprodução e extinguir os tipos inferiores, quando possível."

— Evitar a reprodução? — perguntei. — Como... com a partenogênese?

— Se a menina que demonstra más qualidades ainda tem a capacidade de apreciar o dever social, imploramos a ela que renuncie à maternidade. Algumas das piores, felizmente, são incapazes de reproduzir. Mas se o defeito está no egotismo desproporcional, então a menina teria certeza de estar no direito de ter filhas, e até mesmo de que as suas seriam melhores.

— Entendo — falei. —E provavelmente ela as criaria com o mesmo espírito.

— Nunca permitimos isso — retrucou Somel baixinho.

— Permitiram? — questionei. — Permitir uma mãe criar as próprias filhas?

— Certamente não — disse Somel —, a não ser que fosse apta para essa tarefa grandiosa.

Isso foi um belo golpe nas minhas convicções prévias.

— Mas eu pensava que a maternidade fosse para cada uma...

— A maternidade, no sentido de gerar uma vida, sim. Mas a educação é nossa arte mais nobre, permitida apenas às maiores artistas.

— Educação? — Fiquei pasmo outra vez. — Não quero dizer educação. Quero dizer maternidade no sentido de cuidar das bebês.

— O cuidado das bebês envolve educação, que é confiada apenas às mais capazes — repetiu ela.

— Então vocês separam mãe e filha! — gritei, horrorizado, algo do sentimento de Terry surgindo em mim, de que deveria haver algo errado dentre tantas virtudes.

— Não usualmente — explicou ela, paciente. — Entenda: quase toda mulher valoriza sua maternidade acima de tudo. Cada menina a considera uma alegria fenomenal, uma honra nobre, a coisa mais íntima, pessoal e preciosa. Sendo assim, a criação infantil tornou-se para nós uma cultura tão profundamente estudada, praticada com tanta sutileza e habilidade, que quanto mais amamos nossa criança, menos estamos dispostas a confiar esse processo a mãos inábeis... mesmo as nossas.

— Mas o amor de mãe... — me aventurei.

Ela estudou meu rosto, tentando arranjar um jeito de me explicar com clareza.

— Você nos contou sobre seus dentistas — disse ela após uma longa pausa —, essas pessoas especializadas que passam a vida preenchendo buraquinhos nos dentes das outras, até mesmo nos das crianças, às vezes.

— Sim? — falei, sem entender a comparação.

— O amor de mãe leva as mães do seu povo a preencher os buracos nos dentes de seus filhos? Ou mesmo a querer isso?

— Ora, não... claro que não — protestei. — Mas isso é uma arte altamente especializada. O cuidado de um bebê pode ser feito por qualquer mulher... qualquer mãe!

— Pensamos que não — negou ela com gentileza. — As mais competentes devem preencher esse cargo; e a maioria das nossas garotas tenta ocupá-lo... Garanto que temos as melhores.

— Mas a pobre mãe... carente do bebê...

— Oh, não! — ela me assegurou com honestidade. — Nem um pouco carente. Ainda é a bebê dela... fica com ela... não a perdeu. Mas não é a única a cuidar. Há outras que ela sabe serem mais sábias. Sabe porque estudou como elas, praticou como elas, e honra sua superioridade real. Pelo bem da criança, fica contente de tê-la sob os melhores cuidados.

Não fiquei convencido. Além disso, era apenas um testemunho indireto; eu ainda não tinha visto a maternidade da Terra das Mulheres de perto.

8
AS GAROTAS DA TERRA DAS MULHERES

Por fim, o desejo de Terry se realizou. Fomos convidados, sempre com cortesia e liberdade para aceitarmos, a palestrar diante de audiências maiores e classes de garotas.

Eu me lembro da primeira vez — e de como fomos cuidadosos a respeito de nossas roupas e da barbearia amadora. Terry, em particular, estava muito preocupado com o corte de sua barba, e tão crítico de nossos esforços conjuntos, que lhe demos as tesouras e dissemos que fizesse o que bem entendesse. Começamos a valorizar as nossas barbas; eram quase a única distinção entre nós e aquelas mulheres altas e fortes, de cabelo curto e roupas sem gênero. Foi-nos apresentada uma ampla seleção de vestes e pudemos escolher de acordo com nosso gosto pessoal, ficando surpresos ao nos deparar com as novas audiências, que éramos os mais bem-vestidos, principalmente Terry.

Ele era uma figura muito impressionante, com os traços fortes suavizados pelo cabelo mais comprido — embora tivesse me obrigado a cortar o mais rente que consegui —, e usava uma túnica ricamente bordada e uma cinta ampla e larga, ao estilo de Henrique V. Jeff parecia mais um.... bem, um amante huguenote; e eu não sei com o que me parecia, apenas que me sentia muito confortável. Quando voltei à nossa armadura acolchoada e debruns engomados, senti falta das roupas tão confortáveis da Terra das Mulheres.

Observamos a audiência, procurando aqueles três rostos animados que conhecíamos; mas elas não estavam à vista. Apenas uma multidão de garotas: quietas, ávidas, atentas, todas olhos e ouvidos para ouvir e aprender.

Fomos admoestados a fornecer, tão detalhadamente quanto quiséssemos, uma espécie de sinopse da história mundial, não muito longa, e responder às perguntas.

— Somos tão completamente ignorantes — explicara Moadine. — Não sabemos nada a não ser a ciência que desenvolvemos sozinhas, apenas o trabalho cerebral de um pequeno país pela metade; e vocês, supomos, ajudaram-se por todo o globo, compartilhando descobertas, acumulando progressos. Quão maravilhosa, quão supremamente bela deve ser a civilização de vocês!

Somel deu outra sugestão.

— Não é necessário começar do começo, como fizeram conosco. Fizemos uma espécie de compilação do que aprendemos com vocês, que foi avidamente absorvida por todo o país. Talvez queiram ver nosso esboço.

Estávamos ansiosos para ver, e profundamente impressionados. Para nós, no começo, essas mulheres, que ignoravam o que nós considerávamos os conhecimentos básicos, pareciam à altura de crianças ou selvagens. O que fôramos forçados a admitir, com a familiaridade crescente, é que elas eram ignorantes como Platão ou Aristóteles foram, mas com a mente altamente desenvolvida, semelhante à da Grécia Antiga.

Longe de mim abarrotar essas páginas com um relato do que nos esforçamos para ensiná-las tão imperfeitamente. O fato memorável é o que elas nos ensinaram; um relance sutil disso. E, naquele momento, nosso maior interesse não era o assunto da palestra, mas o público.

Garotas — centenas — ávidas, animadas, atentas; enchendo-nos de perguntas, e, temo dizer, forçando-nos a demonstrar nossa crescente incapacidade de respondê-las efetivamente.

Nossas guias especiais, que estavam na plataforma conosco, e, às vezes, ajudavam a esclarecer uma dúvida, ou, mais frequentemente, uma resposta, notaram esse efeito, e interromperam a parte formal bem cedo.

— Nossas jovens querem conhecê-los — sugeriu Somel — para conversar pessoalmente, se estiverem dispostos.

Dispostos! Estávamos impacientes, e assim nos revelamos, diante do que notei um sorriso breve passar pelo rosto de Moadine. Mesmo então, com todas aquelas jovenzinhas ansiosas esperando para conversar, um questionamento súbito cruzou minha mente: "Qual foi o ponto de vista delas? O que pensaram de nós?" Descobrimos depois.

Terry se enfiou entre aquelas criaturas jovens com uma espécie de enlevo, semelhante a um mergulhador diante do mar. Jeff, com um olhar extasiado no rosto aristocrático, abordou a situação como um sacramento. Eu, por minha vez, estava um pouco amedrontado por aquele meu último pensamento, e fiquei de olhos bem abertos. Observei Jeff, embora estivesse rodeado por um grupo de entrevistadoras ansiosas — como todos nós — e vi como os olhos devotados dele, a cortesia séria, agradava e atraía algumas; enquanto outras, espíritos fortes, eu diria, afastavam-se do grupo dele para o meu ou o de Terry.

Observei Terry com interesse especial, sabendo que ele havia desejado tanto esse momento, que era irresistível em casa. E pude ver, por relances, claro, como a abordagem charmosa e perita parecia irritar algumas; os olhares íntimos demais magoavam um pouco, os elogios intrigavam e irritavam. Às vezes, uma garota enrubescia, mas sem piscar os olhinhos e responder com timidez convidativa, e sim com raiva e um olhar altivo. Menina após menina dava as costas para ele, até sobrar um círculo pequeno de questionadoras, visivelmente as menos "femininas" do grupo.

Vi Terry satisfeito, de início, como se pensasse fazer boa impressão; mas, por fim, comparando-se com Jeff ou eu, ele parecia cada vez menos contente.

Quanto a mim, tive uma surpresa agradável. Em casa, nunca fui "popular". Tinha amigas, boas amigas, mas eram só isso, amigas, nada mais. E também pertenciam ao mesmo clã que eu, nada populares no sentido de atrair admiradores. Mas ali, para meu assombro, vi que meu grupo era o maior.

Preciso generalizar, claro, passando minhas impressões telescópicas; mas a primeira noite foi uma boa amostra do efeito que causamos. Jeff tinha seguidoras, se que é posso chamá-las assim, mais sentimentais — embora essa não seja a palavra exata. Mas menos práticas, talvez; meninas artísticas, de alguma forma, eticistas, professoras — esse tipo.

Para Terry sobrou um grupo bastante combativo: mentes aguçadas, lógicas, questionadoras, não muito sensíveis, o tipo de que ele menos gostava. Quanto a mim — fiquei bem envaidecido com minha popularidade generalizada.

Terry ficou furioso. Não podíamos culpá-lo.

— Garotas! — explodiu ele, após o fim do encontro e de volta ao nosso quarto. — Chamar aquilo de *garotas!*

— Garotas encantadoras, eu diria — falou Jeff, os sonhadores olhos azuis contentes.

— Do que *você* as chama? — inquiri.

— Garotos! Nada além de garotos, a maioria. Uma turminha desagradável e arisca. Jovens críticas e impertinentes. Nada de meninice ali.

Estava bravo e severo, e um pouco enciumado, suponho. Depois, quando descobriu exatamente do que elas não gostaram, ele mudou um pouco a postura e se deram melhor. Ele precisava. Pois, apesar das críticas, elas eram garotas, e, além disso, todas estavam lá! Sempre, exceto nossas três! Com quem renovamos o contato.

Quanto ao assunto "fazer a corte", que logo apareceu, posso descrever melhor a minha — e é o que menos desejo fazer. De Jeff, ouvi algo a respeito; ele estava disposto a manter certa distância, reverente e admiradora, do sentimento exaltado e perfeição irrestrita de sua Celis; e Terry... Terry teve tantas largadas precoces e tantas recusas, que quando se decidiu a conquistar Alima, já estava bem mais sábio. Mesmo assim, não foi tranquilo. Eles brigavam sem parar, afastando-se, ao que ele corria para se consolar com outra bela — a outra bela não queria saber dele — e voltava para Alima, a cada vez mais devotado.

Ela nunca cedeu. Uma criatura grande e bela, excepcionalmente forte mesmo entre aquela raça de mulheres fortes, com o rosto orgulhoso e sobrancelhas retas que sombreavam os olhos escuros e ávidos, como as asas amplas de um falcão em pleno voo.

Eu era bom amigo das três, mas principalmente de Ellador, muito antes de que o sentimento mudasse, para ambos.

A partir dela, e de Somel, que falava muito abertamente comigo, fiquei sabendo algo a respeito do ponto de vista da Terra das Mulheres em relação a seus visitantes.

Ali estavam elas, isoladas, felizes, satisfeitas, quando o zunido alto do nosso biplano rasgou o céu.

Todas ouviram — viram — por centenas de quilômetros, o boca a boca correu o país, e um conselho foi reunido em cada cidade e vilarejo.

E esta foi a avaliação ligeira delas:

— De outro país. Provavelmente homens. Sem dúvida, altamente civilizados. E em posse de conhecimento valioso. Talvez perigosos. Capturem-nos, se possível; domem-nos e treinem-nos, se necessário. Pode ser a chance de restabelecer uma situação de dois gêneros para o nosso povo.

Não tiveram medo de nós. Três milhões de mulheres muito inteligentes — ou dois milhões, contando apenas as adultas — não deveriam ter medo de três rapazes. Pensávamos nelas como "Mulheres", e, portanto, tímidas; mas havia dois mil anos que não temiam nada, e certamente mais de mil desde que esqueceram essa sensação.

Pensamos — ou ao menos Terry pensou — que poderíamos escolher a que quiséssemos entre elas. Elas pensaram — com cautela e sagacidade — em nos escolher, se parecesse sábio.

Durante aquele tempo, fomos treinados, estudados e analisados. Relatórios foram feitos a nosso respeito, e essa informação foi disseminada amplamente pelo país.

Não havia uma garota sequer que não tivesse aprendido ao longo desses meses o máximo possível sobre nosso país, nossa cultura, nossas características pessoais. Não era de surpreender nos depararmos com perguntas tão difíceis. Mas sinto dizer que, quando fomos enfim exibidos (odeio usar esse termo, mas foi isso que aconteceu), não houve muitas interessadas. Ali estava o velho Terry, coitado, imaginando com carinho que enfim estava livre para perambular por "um jardim de meninas em flor", e, olhe só!, os botões de rosa tinham olhos avaliadores e críticos, que nos estudavam.

Estavam interessadas, profundamente interessadas, mas não era o tipo de interesse que queríamos.

Para se ter uma ideia da atitude delas, é preciso ter em mente seu alto senso de solidariedade. Elas não estavam escolhendo um amante; não tinham a mínima ideia do amor — sexual, quero dizer. Essas meninas — para quem a maternidade era uma estrela-guia, e se sobressaía acima de uma mera função pessoal, como o mais alto serviço social, o sacramento de uma vida inteira — eram agora confrontadas com a oportunidade de dar um grande passo para a mudança de todo o seu status, para reverter à antiga natureza de dois gêneros.

Além dessa consideração subjacente, havia o interesse e a curiosidade ilimitados sobre nossa civilização, puramente impessoal, e atiçado por um tipo de mente diante do qual nós não passávamos de escolares.

Não era de surpreender muito que nossas palestras não fizessem sucesso; e não era nada surpreendente que nossos avanços, ou ao menos os de Terry, fossem tão mal recebidos. O motivo do meu relativo sucesso não foi, de início, nada agradável ao meu orgulho.

— Gostamos mais de você — contou-me Somel — porque se parece mais conosco.

— Mais como mulheres! — pensei, desgostoso, e então me lembrei quão pouco elas eram "mulheres" no sentido depreciativo. Ela sorria, como se lesse meu pensamento.

— Percebemos que nós não parecemos... mulheres... para vocês. Claro, em uma raça de dois gêneros, a característica distintiva de cada sexo deve ser intensificada. Mas com certeza há características pertencentes ao Povo, não? É isso que quero dizer sobre você ser mais parecido conosco... com o Povo. Ficamos à vontade com você.

A dificuldade de Jeff era seu cavalheirismo exaltado. Ele idealizava mulheres, e ficava sempre em busca de uma chance de "proteger" ou "servir". Aquelas mulheres não precisavam nem de proteção nem de serviços. Viviam na paz absoluta, poderosas e plenas; éramos convidados e prisioneiros, absolutamente dependentes.

Claro que poderíamos prometer qualquer tipo de vantagem se elas viessem para o nosso país, mas quanto mais conhecíamos o delas, menos nos gabávamos.

As joias e quinquilharias de Terry eram vistas como itens curiosos; passados de mão em mão, com perguntas a respeito da manufatura, nada sobre o valor; e não discutiam a quem pertenceria, mas a qual museu destiná-las.

Quando um homem não possui nada com que presentear uma mulher, depende inteiramente de atração pessoal, e sua corte fica limitada.

Elas consideravam essas duas coisas: a conveniência da Grande Mudança e o grau de adaptação pessoal que serviria melhor a este fim.

Nisso tínhamos a vantagem da nossa pequena experiência pessoal com aquelas três meninas velozes da floresta; e isso serviu para nos aproximar.

Quanto à Ellador: suponha que você chegou a uma terra estranha e a considera suficientemente agradável — talvez um pouco mais que isso —, encontra um cultivo rico, jardins e hortas magníficos, além de palácios repletos de tesouros raros e curiosos — incalculáveis e inexauríveis —, depois, montanhas — como as dos Himalaias — e, em seguida, o mar.

Gostei dela desde o dia em que se equilibrou no galho diante de mim e nomeou o trio. Considerei-a a melhor.

Depois, voltei-me para ela como um amigo, quando nos reunimos pela terceira vez, e passamos a nos conhecer melhor. Enquanto a ultradevoção de Jeff intrigava Celis, afastando o final feliz, e Terry e Alima se bicavam e se afastavam, reencontrando-se e novamente se separando, Ellador e eu nos tornamos amigos íntimos.

Conversávamos. Fazíamos longas caminhadas juntos. Ela me mostrava coisas, explicava, interpretava boa parte do que eu não tinha entendido. Por meio de sua inteligência empática, eu compreendia cada vez mais o espírito das pessoas na Terra das Mulheres, cada vez apreciava mais o desenvolvimento pessoal delas, bem como a perfeição exterior.

Deixei de me sentir um estrangeiro, um prisioneiro. Havia um senso de entendimento, de identidade, de propósito. Discutíamos... tudo. E, conforme eu viajava, explorando sua alma doce e rica, meu senso de amizade agradável se tornou a base forte para uma combinação de sentimentos entrelaçados tão grande, tão ampla, que me deixou bastante cego diante de sua maravilha.

Como eu disse, nunca me importei muito com as mulheres, nem elas comigo — não ao modo de Terry. Mas esta...

No começo, não pensei nela "daquele jeito", como dizem as garotas. Não tinha ido para esse país com intenções de formar meu harém turco, e não era um adorador das mulheres como Jeff. Eu apenas gostei dela "como amigo", como se diz. A amizade cresceu como uma árvore. Ela era *tão* divertida! Fazíamos tantas atividades juntos. Ela me ensinou jogos e vice-versa, e corríamos e remávamos, e nos divertíamos de tantas formas, tão bem como grandes camaradas.

Então, conforme me embrenhava, o palácio, os tesouros e a montanha nevada se mostraram. Nunca imaginei que tal ser humano pudesse existir. Tão... incrível. Não quero dizer talentosa. Ela era silvicultora — uma das melhores —, mas não me refiro às suas habilidades. Quero dizer, *incrível*, incrível mesmo — completamente inacreditável. Se eu tivesse conhecido mais daquelas mulheres, tão intimamente, talvez não a tivesse considerado tão única, mas, mesmo entre elas, era nobre. A mãe dela era uma Mais Mãe — e a avó também, pelo que fiquei sabendo depois.

Assim, ela me contava mais e mais sobre sua bela terra; e eu retribuí, sim, além do que desejava, sobre a minha; e nos tornamos inseparáveis. Então me veio esse reconhecimento mais profundo, e ele cresceu. Senti minha própria alma levantar voo e abrir as asas. A vida se tornou maior. Eu parecia entender — como nunca dantes — que podia fazer coisas, podia também crescer — e ela me ajudaria. Então Aconteceu, para ambos, de uma vez.

Um dia tranquilo — no fim do mundo, do mundo delas. Nós dois, observando à distância a floresta sombria lá embaixo, conversando sobre o céu e a terra, e a vida humana, e sobre a minha terra e outras terras, e o que precisavam e o que eu esperava fazer por elas...

— Se você me ajudar — falei.

Ela se virou para mim, com aquele olhar altivo e doce, e então, quando seus olhos pousaram sobre os meus, e as mãos, sobre as minhas, subitamente uma glória maior, instantânea, pungente raiou entre nós — muito além do que minhas palavras podem descrever.

Celis era uma pessoa azul, dourada e rosa; Alima, negra, branca e vermelha, uma beleza incandescente. Ellador era marrom: cabelo escuro e macio, como a pelagem de uma foca; pele morena sem manchas, com um fundo enrubescido saudável; olhos castanhos, que pareciam ir do topázio ao negro aveludado. Todas meninas esplêndidas.

Elas foram as primeiras a nos ver, lá embaixo no lago, e espalharam as novas por todo o território, antes mesmo de nosso primeiro voo exploratório. Observaram nosso pouso, correram pela floresta conosco, escondidas nas árvores e — suponho sagazmente — riram de propósito.

Vigiaram nosso veículo coberto, em turnos; e quando nossa fuga foi anunciada, seguiram-nos por um ou dois dias, e apareceram por fim, como descrito. Elas sentiam-se nossas proprietárias — chamavam-nos de "nossos homens" —, e quando ganhamos liberdade para estudar a terra e o povo, e sermos estudados por elas, a reivindicação foi reconhecida pelas sábias líderes.

Mas eu sentia, todos sentíamos, que as escolheríamos entre os milhões, infalivelmente.

No entanto, "o amor nunca trilhou caminhos fáceis";[6] esse período de corte foi repleto das armadilhas mais inesperadas.

Escrevendo isso tanto tempo depois, após experiências diversas tanto na Terra das Mulheres quanto na minha, posso entender e filosofar sobre o que à época foi perplexidade contínua e frequentemente tragédia temporária.

A maioria das cortes começa pela atração sexual, claro. Depois, ela gradualmente se transforma em camaradagem conforme os dois temperamentos permitam. Em seguida, depois do casamento, se estabelece uma amizade contínua e lentamente crescente, a mais profunda, amável e doce das relações, sempre acesa e aquecida pela recorrente chama do amor, ou o processo se reverte, o amor esfria e apaga, a amizade não cresce, e o relacionamento passa da beleza para as cinzas.

Ali, tudo era diferente. Não havia o anseio sexual ou quase nada dele. Dois mil anos sem uso deixaram esse instinto muito enfraquecido; também devemos lembrar que aquelas que por vezes manifestaram a exceção atávica tiveram, por isso mesmo, a maternidade negada.

---

[6] Nota do tradutor: Shakespeare, *Sonhos de uma noite de verão*.

Porém, enquanto o processo materno permanece, a base inerente para distinções sexuais também permanece; e quem poderia dizer qual sensação há muito esquecida, vaga e sem nome, pudesse ter sido acordada nesses corações maternos por nossa chegada?

O que nos deixou ainda mais perdidos em nossa abordagem foi a falta de qualquer tradição sexual. Não havia padrão definido do que era ser "másculo" ou "feminino".

Quando Jeff falou, pegando a cesta de frutas de sua adorada:

— Uma mulher não deve carregar nada.

Celis replicou com franco assombro:

— Por quê?

Ele não pôde olhar aquela jovem silvicultora, de pés velozes e ombros largos, nos olhos e dizer:

— Porque mulheres são mais fracas.

Ela não era. Ninguém chama um cavalo de corrida de fraco por não ser um cavalo de tração.

Ele falou, claudicante, que mulheres não tinham o físico para trabalho pesado.

Ela olhou para os campos, onde algumas mulheres trabalhavam, erguendo um novo muro de pedras grandes; voltou o olhar para a cidade mais próxima, com casas construídas por mulheres; desceu o olhar para a estrada reta e dura sobre a qual caminhavam; e depois para a cestinha que ele havia tirado dela.

— Não entendo — falou docemente. — As mulheres no seu país são tão fracas que não conseguem carregar uma coisinha dessa?

— É uma convenção — disse ele. — Supomos que a maternidade já seja um fardo suficiente, e os homens devem carregar todos os outros.

— Que belo sentimento! — comentou ela, com olhos azuis brilhando.

— Funciona? — perguntou Alima, com seu jeito entusiasmado e ligeiro. — Todos os homens em todos os países carregam tudo? Ou só no seu?

— Não seja tão literal — Terry pediu preguiçosamente. — Por que não querem ser adoradas e cuidadas? Nós gostamos de fazer isso.

— Não gostam que façamos para vocês — retrucou ela.

— É diferente — disse ele, irritado.

E quando ela perguntou o porquê, ele, bem amuado, a dirigiu para mim, falando:

— Van é o filósofo.

Ellador e eu conversávamos sobre tudo, de forma que nossa experiência foi mais fácil quando o tempo miraculoso chegou. Também, entre nós, deixávamos as coisas mais claras que Jeff e Celis. Mas Terry não escutava a razão.

Ele estava perdidamente apaixonado por Alima. Queria arrebatá-la, e quase a perdera.

Veja, se um homem ama uma garota que, em primeiro lugar, é jovem e inexperiente; que, em segundo, é educada, mas com uma origem de homens das cavernas, um meio-termo entre poesia e romance, um futuro de esperança inconfessa e interesse centrados em um único Evento, e que não tem, além de tudo, outra esperança ou interesse... ora, é muito mais fácil arrebatar uma dessas, com um ataque charmoso. Terry era mestre nisso. E tentou, mas Alima ficou tão ofendida, tão indignada, que demorou semanas para que ele pudesse se reaproximar.

Quanto mais friamente ela o recusava, mais quente era a determinação dele; não estava acostumado com rejeições. A abordagem de galanteios, ela dispensou com gargalhadas. Presentes e "atenções" não eram possíveis na situação. Apelo à pena e reclamações de "crueldade" provocavam apenas questionamentos sensatos. Terry levou muito tempo.

Duvido que ela tenha jamais aceitado esse amante estranho tão plenamente quanto Celis e Ellador. Ele a havia magoado e ofendido muitas vezes, e, assim, havia reservas.

Mas penso que Alima retinha algum vestígio remoto dessa sensação distante que fez de Terry mais possível a ela do que a outras; e que ela estava decidida a respeito do experimento e odiaria ter de renunciá-lo.

Cada um do seu jeito, nós três chegamos, por fim, a um entendimento completo, e encaramos solenemente o que para elas era um passo de importância imensurável, uma questão séria, bem como uma felicidade tamanha; para nós, uma alegria nova e estranha.

Do casamento como cerimônia, elas nada sabiam. Jeff era a favor de levá-las para nosso país, para as cerimônias religiosa e civil, mas nem Celis nem as outras consentiriam.

— Não podemos esperar que elas queiram ir conosco... por enquanto — disse Terry sabiamente. — Aguardemos um pouco, meninos. Precisamos levá-las nos termos delas, se é que um dia levaremos — emendou ele, influenciado pela lembrança pesarosa de seus repetidos fracassos. — Mas nossa hora está chegando — acrescentou alegremente. — Essas mulheres nunca foram dominadas, entendam... — concluiu ele, como se tivesse feito uma grande descoberta.

— É melhor não arriscar nenhuma dominação, se valoriza essa oportunidade — falei seriamente, mas ele apenas riu e respondeu: — A cada um, seu negócio!

Não era possível ajudá-lo. Ele precisava experimentar do próprio remédio.

Sem nenhuma tradição de corte, ficamos perdidos na conquista, e nos encontramos ainda mais desnorteados com a ausência de tradição matrimonial.

E outra vez preciso me apoiar em experiências tardias, e mergulhar fundo na familiaridade que obtive com a cultura delas, para explicar o abismo de diferença entre nós.

Dois mil anos de uma cultura sem homens. Antes disso, apenas a cultura de harém. Não havia um análogo exato para nossa palavra *lar*, nem mesmo para nossa latina *família*.

Elas se amavam com um afeto praticamente universal, criando amizades esplêndidas e naturais, espalhando a devoção ao país e ao povo de tal forma que nossa palavra *patriotismo* não consegue abarcar.

Patriotismo, veemente, é compatível com a existência de uma negligência dos interesses nacionais, uma desonestidade, uma indiferença fria ao sofrimento de milhões. Patriotismo é, em geral, orgulho, e muita combatividade. Patriotismo geralmente arrasta a vingança.

Não havia outro país com o qual comparar — exceto pelos poucos pobres selvagens abaixo, com quem não tinham contato.

Amavam seu país pois era berçário, parque e oficina de trabalho — delas e das crianças. Orgulhavam-se dele como oficina de trabalho, da melhoria crescente. Fizeram dele um jardim agradável, um paraíso muito prático. Mas principalmente o valorizavam — e isso que é difícil entendermos — como ambiente cultural para as crianças.

Isso, é claro, é a nota principal do que as distinguia: as crianças.

Desde aquela primeira raça de mães muito bem guardadas e semiadoradas, ao longo de toda a linha descendente, traziam consigo o pensamento dominante de criar uma grande raça por meio de suas crianças.

Toda a devoção submissa que nossas mulheres destinam às suas famílias privadas, essas mulheres dedicam ao país e à raça. Toda a lealdade e o serviço que os homens esperam das esposas, elas não davam a homem algum, mas coletivamente uma para a outra.

E o instinto maternal, tão dolorosamente intenso entre nós, tão prejudicado pelas condições, tão concentrado em devoção pessoal a poucos; tão dolorosamente magoado por morte, doença e infertilidade, e mesmo pelo mero crescimento das crianças, deixando a mãe sozinha no ninho vazio — todo esse sentimento fluía delas em uma corrente forte e ampla, constante através das gerações, aprofundando-se e alargando-se ao longo dos anos, incluindo cada criança por todo o território.

Com a união de força e sabedoria, estudaram e superaram as "doenças da infância". As crianças não adoeciam com nenhuma.

Enfrentaram os problemas da educação e os resolveram de forma que suas crianças crescessem tão naturalmente quanto as árvores; aprendendo por meio de todos os sentidos; aprendendo continuamente, mas inconscientemente — sem nunca perceber os métodos educativos.

Na verdade, não usam a palavra como nós. A ideia de educação era o treinamento especial pelo qual passavam, quando já mais crescidas, sob a tutela de peritas. E então as jovens mentes se lançavam aos temas escolhidos com facilidade, amplitude e compreensão que sempre me surpreendiam.

Mas as bebês e criancinhas nunca sentiam a pressão daquela "alimentação forçada" da mente que chamamos de "educação". Mais sobre isso adiante.

9 NOSSAS RELAÇÕES E AS DELAS

O que estou tentando mostrar aqui é que para essas mulheres os relacionamentos vitais incluíam se juntar alegre e avidamente às fileiras de trabalhadoras na arte mais apreciada; uma reverência profunda e generosa diante da própria mãe — profunda demais para falarem disso abertamente — e, ademais, a questão da irmandade completa, livre e ampla, o serviço esplêndido à nação, as amizades.

Nos juntamos a essas mulheres, cheios de ideias, convicções, tradições de nossa cultura, e nos dedicamos a atiçar nelas as emoções que — para nós — pareciam apropriadas.

Não importa quanto ou quão pouco sentimento sexual real havia entre nós, ele apareceu na mente delas em termos de amizade, aquele amor puro e pessoal único que conheciam, e cujo fim era a descendência. Visivelmente não éramos mães, nem crianças, nem compatriotas; então, se nos amavam, éramos amigos.

Que devíamos sair em trios nos nossos dias de corte era o natural para elas; que nós três devíamos ficar sempre juntos, como elas o faziam, era o natural. Ainda não exercíamos trabalho algum, então ficávamos com elas durante suas atividades na floresta, o que era natural também.

Mas quando começamos a conversar a respeito de cada casal ter um "lar" próprio, elas não entenderam.

— Trabalhamos por todo o país — explicou Celis. — Não podemos morar em um único lugar o tempo todo.

— Estamos juntos agora — instou Alima, olhando orgulhosamente para a proximidade leal de Terry. (Era uma das épocas em que estavam "juntos", embora em breve fossem se separar outra vez.)

— Não é a mesma coisa — insistiu ele. — Um homem quer um lar, com a esposa e a família nele.

— Nele? O tempo todo? — indagou Ellador. — Não prisioneiras, é claro!

— Claro que não! Morando nele... naturalmente — respondeu ele.

— O que ela faz ali... com seu tempo? — questionou Alima. — Qual é o trabalho dela?

Então Terry explicou pacientemente outra vez que nossas mulheres não trabalham — com exceções.

— Mas o que fazem... se não trabalham? — insistiu ela.

— Cuidam da casa... e dos filhos.

— Ao mesmo tempo? — perguntou Ellador.

— Ora, sim. As crianças brincam, e a mãe cuida de tudo. Há empregados, é claro.

Para Terry, era tudo tão óbvio e normal que sempre se impacientava; mas as meninas estavam honestamente ansiosas por entender.

— Quantos filhos suas mulheres têm? — Alima já tinha pegado o caderno e cerrado os lábios. Terry começou a se esquivar.

— Não há um número fixo, querida — explicou ele. — Algumas, mais, outras, menos.

— Algumas, nenhum — acrescentei maliciosamente.

Elas caíram em cima dessa admissão e arrancaram de nós o fato de que as mulheres com mais filhos tinham menos empregados, e aquelas com mais empregados tinham menos filhos.

— Aí está! — triunfou Alima. — Um, dois ou nenhum filho, e três ou quatro empregados. Agora: o que essas mulheres *fazem*?

Explicamos da melhor forma possível. Falamos de "deveres sociais", aproveitando-nos engenhosamente do fato de que elas não interpretariam as palavras como nós; falamos de hospitalidade, entretenimento, e muitos "interesses". Sempre compreendendo que, para aquelas mulheres de mente tão ampla, cujo interesse mental era tão coletivo, as limitações de uma vida totalmente privada eram inconcebíveis.

— Não compreendemos — concluiu Ellador. — Somos um povo pela metade. Temos nosso jeito de ser mulher, e eles têm o jeito de ser homem e o jeito de ser ambos. Desenvolvemos um sistema de vida que é limitado. Eles devem ter um maior, mais rico, melhor. Gostaria de vê-lo.

— E verá, querida — sussurrei.

— Nada para fumar — reclamou Terry. Estava no meio de uma discussão prolongada com Alima e precisava de um sedativo. — Nada para beber. Essas pobres mulheres não têm nem um vício agradável. Quero sair daqui!

O desejo era em vão. Estávamos sempre sob observação, de algum modo. Quando Terry saía e vagava pelas ruas à noite, sempre encontrava uma "Coronel" aqui e acolá; e quando, em uma ocasião de desespero extremo, embora temporário, foi até a beira do precipício buscando uma forma de fugir, encontrou várias delas por perto. Estávamos em liberdade condicional.

— Não tem vícios desagradáveis também — lembrou Jeff.

— Quem dera! — persistiu Terry. — Não tem nem os vícios dos homens, nem as virtudes das mulheres... são castradas!

— Você sabe que não é assim. Não diga bobagem — falei severamente.

Estava pensando nos olhos de Ellador quando me lançaram um certo olhar, um olhar que ela não percebeu.

Jeff também estava enfurecido.

— Não sei de quais "virtudes femininas" sente falta. Para mim, elas têm todas.

— Não têm modéstia — explodiu Terry. — Nem paciência, nem submissão, nada da docilidade natural que é o maior charme feminino.

Balancei a cabeça, compadecido.

— Vá se desculpar e fazer as pazes, Terry. Você é muito resmungão, isso sim. Essas mulheres têm a virtude da humanidade, com menos de seus defeitos do que qualquer um que já conheci. Quanto à paciência, se não a tivessem, ter-nos-iam tacado no abismo no primeiro dia.

— Não temos... distrações — resmungou ele. — Nenhum lugar para ir e se soltar um pouco. É uma sala de conferências e um berçário sem fim.

— E oficina de trabalho — acrescentei. — E escola, escritório, laboratório, estúdio, teatro e... lar.

— *Lar!* — zombou ele. — Não há um lar sequer nesta porcaria de lugar.

— Você sabe que isso sim é um lar — Jeff redarguiu, esquentado. — Eu nunca vi, nunca sonhei, com tanta paz e boa vontade universais, e afeto mútuo.

— Oh, bem, é claro, se você gosta de aula de catecismo eterna, está tudo ótimo mesmo. Mas eu gosto de Fazer Alguma Coisa. Aqui já está tudo pronto.

Havia algo naquela crítica. Os anos de pioneirismo estavam distantes. Naquela civilização, as dificuldades iniciais já tinham havia muito sido superadas. A paz imperturbável, a abundância incomensurável, a saúde constante, a boa vontade comum e administração ordeira, que cuidava de tudo: não havia nada mais a superar. Eram como uma família agradável morando numa velha e bem organizada propriedade campestre.

Eu gostava por conta de meu interesse ávido e contínuo nas conquistas sociológicas presentes. Jeff gostava como teria gostado de tal família e local em qualquer outra circunstância.

Terry não gostava porque não havia mais nada com que se opor, lutar, conquistar.

— A vida é luta, precisa ser — insistia ele. — Se não há luta, não há vida... Simplesmente assim.

— Você está falando bobagem... bobagem masculina — respondeu Jeff pacificamente. Ele era um defensor caloroso da Terra das Mulheres. — Formigas não levantam suas miríades com luta, não é? Ou as abelhas?

— Oh, essa história de insetos outra vez... e querer morar num formigueiro. Estou falando: os âmbitos mais altos da vida só são atingidos por meio da luta... do combate. Não há Drama aqui. Olhem as peças dela! Me enojam.

Nesse ponto, concordávamos. O drama teatral do país era — para nosso gosto — bem sem graça. Vejam, faltava motivação sexual, e, com isso, ciúmes. Não havia interação de nações em guerra, nenhuma aristocracia e suas ambições, nenhuma riqueza oposta à pobreza.

Vejo que falei pouco da economia do lugar, deveria ter falado antes, mas vou continuar falando sobre o teatro.

Elas tinham seu teatro. Era um arranjo impressionante de desfile, procissões, uma espécie de ritual no qual se misturavam artes e religião. Até as bebês participavam. Assistir a um dos grandes festivais anuais delas, com essas grandes mães em massa, marchando, imponentes, as jovens mulheres, bravas e nobres, belas e fortes, e então as crianças, tomando parte de forma tão natural quanto as nossas rodeiam as árvores de Natal: éramos tomados pela impressão avassaladora de vida alegre e triunfante.

Elas começaram em um período no qual teatro, dança, música, religião e educação eram muito unidos, e, em vez de desenvolvê-los como frentes diferenciadas, mantiveram-nos conectados. Deixe-me tentar outra vez descrever, se possível, uma leve noção da diferença dos nossos pontos de vista — o pano de fundo e a base sobre a qual se erigia a cultura delas.

Ellador me contou muito a respeito. Ela me levou para ver as crianças, as meninas amadurecendo, as professoras especiais. Selecionou livros para eu ler. Parecia sempre entender exatamente o que eu queria saber e como me proporcioná-lo.

Enquanto de Terry e Alima saíam faíscas que provocavam a separação — ele sempre loucamente atraído por ela e ela por ele (ela devia se sentir assim, ou jamais teria suportado o comportamento dele) —, Ellador e eu já tínhamos desenvolvido um sentimento profundo e calmo, como se nos conhecêssemos pela vida inteira. Jeff e Celis estavam felizes; sem sombra de dúvida; mas não me parecia que tinham bons momentos feito nós.

Bem, aqui está a criança da Terra das Mulheres diante da vida — da forma que Ellador tentou me apresentar. Desde sua primeira lembrança, conheciam Paz, Beleza, Ordem, Segurança, Amor, Sabedoria, Justiça, Paciência e Abundância. Por "abundância" quero dizer que as bebês cresciam em um ambiente no qual suas necessidades eram atendidas, da mesma forma que jovens cervos crescem em meio a sendas orvalhadas da floresta e prados embebidos por riachos. E aproveitavam tão plenamente quantos os cervos.

Encontravam-se em um grande mundo colorido e amável, cheio de coisas das mais interessantes e encantadoras sobre as quais aprender e com as quais lidar. As pessoas por toda parte eram agradáveis e educadas. Nenhuma criança da Terra das Mulheres jamais se deparou com a rudeza autoritária comumente demonstrada às crianças. Eram Pessoas também, desde o início, e a parte mais preciosa da nação.

A cada passo dessa experiência rica de vida, encontrava a instância que estudavam ampliada pelo contato com uma gama infindável de interesses comuns. As coisas que aprendiam eram *relacionadas* desde o começo; relacionadas umas com as outras e com a prosperidade nacional.

— Foi uma borboleta que fez de mim silvicultora — contou Elador. — Eu tinha cerca de onze anos e encontrei uma borboleta enorme roxa e verde sobre uma flor baixa. Peguei-a, com cuidado, pelas asas, como me ensinaram, e a levei até a professora de insetos mais próxima — anotei para me lembrar de perguntar que raios seria uma professora de insetos — para perguntar o nome dela. Ela a pegou de mim com um gritinho de deleite. "Oh, criança abençoada", disse ela, "você gosta de nozes ober?" Claro que eu gostava de nozes ober, e o afirmei. É nossa melhor noz, você sabe. "É uma fêmea da mariposa de noz ober", ela me contou. "Elas estão quase extintas. Estamos tentando exterminá-las há anos. Se não tivesse pegado essa, ela provavelmente teria botado ovos com larvas que destruiriam milhares das nossas nogueiras... milhares de alqueires de nozes... e trariam anos e anos de problemas."

"Todo mundo me parabenizou. As crianças de todo o país foram instruídas a atentar para aquela mariposa, se houvesse mais alguma. Mostraram-me a história da criatura, e um relatório da destruição provocada por ela e por quanto tempo e quão duro nossas mães ancestrais trabalharam para salvar aquela árvore para nós. Eu senti como se tivesse crescido, ou assim me parecia, e fiquei determinada a me tornar uma silvicultora."

Esse é só um exemplo; ela me mostrou muitos outros. A grande diferença era que enquanto nossas crianças cresciam em lares e famílias privados, sob todos os esforços de proteção e isolamento do mundo perigoso, ali elas cresciam em um mundo amplo e amigável, que sabiam pertencer a elas, desde o início.

A literatura infantil era uma coisa maravilhosa. Eu poderia ter passado anos acompanhando as delicadas sutilezas, as simplicidades suaves com as quais transformaram essa arte a serviço da mente infantil.

Temos dois ciclos de vida: o do homem e o da mulher. Para o homem, há crescimento, luta, conquista, estabelecimento da família, e quanto mais sucesso em ganho ou ambição for capaz.

Para a mulher, crescimento, conquista de um marido, atividades subordinadas à vida familiar, e perseguir os interesses de sociedade e de caridade que sua posição lhe permitir.

Ali havia apenas um ciclo, imenso.

A criança entrava em um campo muito amplo de vida, no qual a maternidade era uma das maiores contribuições pessoais para a vida nacional, e todo o restante de ações individuais nas atividades comuns. Cada menina com quem conversei, em qualquer idade após a primeira infância, apresentava uma determinação alegre sobre o que seria quando crescesse.

O que Terry quis dizer quando falou que elas não tinham "modéstia" era que nessa grande visão de vida não havia sombras; elas tinham um senso muito grande de decoro pessoal, mas nenhuma vergonha — conhecimento de nada do que se envergonhar.

Mesmo as falhas e transgressões da infância nunca lhes eram apresentadas como pecados; apenas erros e travessuras — como em um jogo. Algumas delas, obviamente menos colaborativas do que as outras ou que tinham alguma fraqueza ou defeito real, recebiam concessões alegres, como um grupo de amigos jogando cartas trataria um jogador pior entre eles.

A religião delas, entendam, era maternal; e sua ética, baseada na percepção completa da evolução, mostrava o princípio de crescimento e beleza de uma cultura sábia. Não havia uma teoria da oposição essencial entre bem e mal; a vida para elas era crescimento; tiravam prazer do crescimento e do dever.

Com esse pano de fundo, com o amor de mãe sublimado, expressado nas atividades sociais gerais, cada fase do trabalho era modificada conforme seu efeito no crescimento nacional. A própria linguagem foi deliberadamente simplificada, de forma a se tornar mais fácil e mais bela, pelo bem das crianças.

Para nós, isso parecia uma coisa totalmente inacreditável: primeiro, que qualquer nação tivesse a previdência, a força e a persistência para planejar e completar tal tarefa; e, segundo, que mulheres tivessem tal iniciativa. Assumimos, com obviedade, que mulheres não a tivessem; que apenas homens, com sua energia natural e impaciência diante da restrição, inventariam algo do tipo.

Ali descobrimos que a pressão da vida sobre o ambiente desenvolve na mente humana suas reações inventivas, independentemente do gênero; além disso, que uma maternidade totalmente consciente planeja e trabalha sem limites pelo bem da criança.

Para que a criança pudesse ter o nascimento mais nobre, ser criada em um ambiente calculado para permitir o crescimento mais rico e livre, elas tinham remodelado e melhorado deliberadamente todo o estado.

Não digo, de forma alguma, que tenham parado aí, da mesma forma que nenhuma criança se limita à sua infância. A parte mais impressionante da cultura delas, além desse sistema perfeito de criação infantil, era a gama de interesses e associações disponíveis a todas durante toda a vida. Mas foi no campo da literatura que fiquei mais impressionado, a princípio, na questão infantil.

Elas tinham a mesma gradação de versos e histórias simples e repetitivos, com os quais estamos familiarizados, e os contos mais esplêndidos e criativos; mas o que, para nós, são resquícios esfiapados de mitos folclóricos antigos e canções de ninar primitivas eram, para elas, trabalhos primorosos de grandes artistas; não somente simples e infalíveis no apelo à mente infantil, mas *verdadeiros*, verdadeiros a respeito do mundo vivente em torno delas.

Passar um dia em um dos berçários ali mudaria o ponto de vista de qualquer um a respeito da primeira infância. As pequeninas, gorduchas rosadas, nos braços das matronas ou adormecidas naquele ar floral, pareciam comuns, exceto que nunca choravam. Nunca ouvi uma criança chorar na Terra das Mulheres, exceto uma ou outra vez após uma queda mais grave, após a qual corriam para acudir, como o faríamos diante do grito de agonia de um adulto.

Cada mãe tinha seu ano de glória; uma época para amar e aprender, vivendo próxima da criança, amamentando com orgulho, às vezes, por mais de dois anos. Talvez esse fosse um dos motivos de seu vigor maravilhoso.

Mas após o ano da bebê, a mãe não ficava tão constantemente disponível, a não ser que, de fato, seu trabalho fosse entre os pequenos. Ela nunca estava distante, no entanto, e sua atitude perante as comães, cujo trabalho orgulhoso era direto e contínuo, era agradável de testemunhar.

Quanto às bebês — um grupo daquelas belezuras nuas brincando na relva aveludada, aparada e varrida, sobre tapetes tão macios quanto, ou em piscinas rasas de água límpida, tropeçando com riso alegre — eram uma visão de felicidade infantil com a qual eu jamais sonhara.

As bebês eram criadas na parte mais quente do país, e aos poucos aclimatadas às temperaturas mais amenas conforme cresciam.

Crianças fortes, entre dez e doze anos, brincavam na neve tão alegremente quanto as nossas; sempre apareciam excursões delas, indo de uma parte do país para a outra, de forma que todo o território era seu lar.

Era tudo delas, à espera de ser conhecido, amado, usado e servido por elas; da mesma forma que nossos menininhos planejam ser "soldados" ou "caubóis" quando crescerem, e nossas menininhas pensam em que tipo de casa ou quantos filhos pretendem ter, essas meninas planejavam, de forma livre e feliz, com muita conversa alegre, o que fariam pelo país quando crescessem.

Foi a vontade alegre das crianças e jovens que ressaltou a bobagem do nosso senso comum: que uma vida tranquila e feliz não seria agradável.

Conforme eu estudava essas jovens, criaturas vigorosas, contentes e curiosas, e seu apetite voraz pela vida, minhas ideias preconcebidas foram tão abaladas que nunca chegaram a se restabelecer. O nível contínuo de boa saúde dava-lhes o estímulo natural que costumávamos chamar de "espírito animal" — uma estranha contradição em termos. Elas se encontravam em um ambiente acolhedor e interessante, e diante delas se estendiam os anos de descoberta e aprendizado, o processo fascinante e infinito da educação.

Conforme eu examinava esses métodos e os comparava com os nossos, a estranha sensação desconfortável de humildade racial crescia aceleradamente.

Ellador não entendia meu assombro. Ela explicava as coisas com gentileza e amabilidade, mas com certa estranheza pelo fato de precisarem de explicação, e com perguntas súbitas a respeito do nosso modo que me deixavam ainda mais humilde.

Eu fui ao encontro de Somel um dia, deliberadamente sem Ellador. Diante de Somel eu não me importava em parecer bobo — ela estava acostumada.

— Eu gostaria de algumas explicações — falei. — Você conhece minha estupidez de cor, e não quero mostrá-la para Ellador... ela pensa que sou sábio!

Ela sorriu, deliciando-se.

— É lindo de se ver, este novo e maravilhoso amor entre vocês. O país inteiro está interessado, você sabe... não dá para evitar!

Eu não tinha pensado nisso. Dizemos: "O mundo inteiro ama um amante",[7] mas ter milhões de pessoas assistindo à nossa conquista — e uma não tão fácil — era bem vergonhoso.

— Conte-me sobre a teoria educacional de vocês — pedi.

— Um resumo simples. E para você entender o que me intriga, explico que na nossa teoria reforça-se muito o empenho obrigatório da mente infantil; pensamos que é bom para ela superar obstáculos.

— Claro que é — ela concordou surpreendentemente. — Todas as nossas crianças fazem isso... e adoram.

Isso também me intrigou. Se adoram, como pode ser educacional?

— Nossa teoria é esta — continuou cuidadosamente — temos aqui um jovem ser humano. A mente é algo tão natural quanto o corpo, uma coisa que cresce, algo a ser usado e aproveitado. Buscamos alimentar, estimular e exercitar a mente desta criança da mesma forma que fazemos com o corpo. Há duas frentes principais na educação... vocês têm isso, não é?... o que é necessário saber e o que é necessário fazer.

---

[7] Nota do tradutor: Emerson, "All the world loves a lover".

— Fazer? Exercícios mentais, quer dizer?

— Sim. Nosso plano geral é este: na questão da alimentação da mente, de fornecer informações, usamos nossas melhores armas para satisfazer o apetite natural de um cérebro jovem e saudável; sem alimentá-lo excessivamente, providenciar quantidade e variedade de impressões que pareçam bem-vindas a cada criança. Essa é a parte fácil. A outra frente é arranjar séries de exercícios apropriadamente graduadas que vão desenvolver cada mente da melhor forma possível; as faculdades comuns que todas temos, e, mais cuidadosamente, as faculdades especiais que algumas de nós têm. Vocês também fazem isso, não?

— De certo modo — respondi vagamente. — Não temos um sistema tão sutil e tão desenvolvido quanto o de vocês, não se compara. Mas conte-me mais: quanto à informação. Como organizam? Parece-me que todas vocês sabem tudo, é isso mesmo?

Isso ela negou, rindo.

— De jeito nenhum. Somos, como logo percebeu, extremamente limitadas em conhecimento. Queria que soubesse o estado de comoção em que se encontra o país por conta das coisas novas que nos contaram; a vontade ardente entre milhares de nós de ir para o seu país e aprender... aprender... aprender! Mas o que sabemos é facilmente distinguível entre conhecimento comum e especial. O comum, há muito aprendemos a incutir nas mentes das pequenas, sem perda de tempo e força; o especial é aberto a todas, conforme o desejarem. Algumas se especializam em uma única frente. Mas a maioria segue várias... algumas para o trabalho, outras para crescimento.

— Crescimento?

— Sim. Quando alguém se dedica demais a um só tipo de trabalho, há uma tendência a atrofiar as partes não utilizadas do cérebro. Gostamos de aprender sempre.

— O que vocês estudam?

— Tudo que for possível das diferentes ciências. Temos, dentro de nossos limites, um bom conhecimento de anatomia, fisiologia, nutrição... tudo que pertence a uma vida pessoal bela e completa. Temos botânica e química, e assim por diante... muito rudimentares, mas interessantes; nossa história, com sua psicologia acumulada.

— Vocês agrupam psicologia com história... não com vida pessoal?

— Claro. É nossa; e entre nós, e muda com as sucessivas e melhoradas gerações. Estamos trabalhando, lenta e cuidadosamente, desenvolvendo nosso povo completamente. É um trabalho glorioso... esplêndido! Testemunhar milhares de bebês melhorando, apresentando mentes mais fortes e lúcidas, disposições mais agradáveis, capacidades maiores... não é assim no seu país?

A isso simplesmente não respondi. Lembrei a alegação desanimadora de que a mente humana não estava em um estado muito melhor do que o de seu período mais selvagem, apenas mais informada — uma afirmação em que nunca acreditei.

— Esforçamo-nos mais seriamente em dois poderes — continuou Somel. — Os dois nos parecem básicos e necessários à vida nobre: um julgamento lúcido e aberto, e força de vontade ampla e bem utilizada. Nossos melhores esforços, ao longo de toda a infância e juventude, são para desenvolver estas faculdades: julgamento individual e força de vontade.

— Como parte do sistema educacional?

— Exatamente. A parte mais valiosa. Para as bebês, como já deve ter percebido, providenciamos primeiro um ambiente que nutra a mente sem cansá-la; todas as coisas simples e interessantes a se fazer, assim que atinjam a idade para fazê-las; as características físicas, é claro, vêm primeiro. Mas, assim que possível, com muito cuidado, para não sobrecarregar a mente, oferecemos escolhas, simples, com causas e consequências muito óbvias. Notou as brincadeiras?

Tinha notado. As crianças pareciam estar sempre brincando, ou ao menos ocupadas com pesquisas pacíficas. No começo, questionei-me sobre quando iriam para a escola, mas logo descobri que não iam (pelo menos, não sabiam que iam). Tudo era educação, mas não escolar.

— Estamos trabalhando há cerca de mil e seiscentos anos, desenvolvendo jogos cada vez melhores — continuou Somel.

Eu fiquei perplexo.

— Desenvolvendo jogos? — inquiri. — Inventando novos, quer dizer?

— Exato — respondeu ela. — Vocês não?

Então me lembrei do jardim de infância, e o "material" desenvolvido pela *signora* Montessori, e respondi cautelosamente:

— Até certo ponto. — Mas a maioria de nossas brincadeiras, contei, eram muito antigas, passadas de criança para criança, ao longo das eras, desde um passado remoto.

— E qual é o efeito delas? — perguntou. — Desenvolvem as faculdades que desejam encorajar?

Novamente recordei as afirmações feitas pelos defensores dos "esportes", e novamente respondi com cautela que essa era, em parte, a teoria.

— Mas as crianças *gostam*? — perguntei. — Ter algo proposto dessa forma? Não querem os jogos antigos?

— Você pode observar as crianças — respondeu ela. — As suas são mais contentes... interessadas... felizes?

Então pensei, como nunca antes, nas crianças entediadas que já vira, reclamando: "O que tem para fazer agora?"; nas turminhas e gangues por aí; no valor de um espírito mais forte com a iniciativa de "começar alguma coisa"; nas festas infantis e nos afazeres onerosos dos adultos para "entreter"; e também no oceano tumultuoso de atividades desorientadas que chamamos de "travessura", nas coisas insensatas, destrutivas e até mesmo maldosas perpetradas por crianças desocupadas.

— Não — respondi tristemente. — Acho que não.

A criança da Terra das Mulheres nascia não somente em um mundo cuidadosamente preparado, repleto dos materiais mais fascinantes e oportunidades de aprendizado, mas em uma sociedade cheia de professoras, inatas e treinadas, cujo negócio era acompanhar essas crianças na (para nós, impossível) estrada real do aprendizado.

Não havia mistérios nos métodos. Adaptar-se às crianças era algo minimamente compreensível para os adultos. Passei muitos dias com as pequenas, às vezes, acompanhado de El-lador, outras vezes, não, e comecei a sentir uma pena esmagadora de minha própria infância, e da infância dos outros.

As casas e jardins planejados para as bebês não tinham nada de perigoso — escadas, cantos, objetos pequenos, fogo. Era o paraíso. Elas eram instruídas, o quanto antes, a usar e controlar seus corpos; jamais vira coisinhas tão seguras no caminhar, no segurar, no pensar. Era um deleite ver uma fileira aprendendo a se deslocar, não apenas no chão, mas, em seguida, com uma espécie de corrimão de borracha levantado a mais ou menos quatro centímetros do chão de grama macia ou tapetes pesados, caindo com gritinhos de alegria infantil, depois se apressando de volta para o fim da fila e tentando outra vez. Certamente nós já vimos como as crianças gostam de se apoiar em algo para andar! Mas nunca pensamos em providenciar essa forma de educação física divertida, simples e inesgotável.

Havia água, é claro, e elas conseguiam nadar antes mesmo de andar. Se temi, no começo, os efeitos de um sistema de puericultura tão intensivo, o temor logo foi dissipado ao testemunhar os longos dias ensolarados de diversão física pura e sono natural pelos quais essas bebês paradisíacas passavam seus primeiros anos. Nem percebiam que estavam sendo educadas. Não sonhavam que essa associação hilária de experimento e conquista fundava as bases para aquela bela sensação coletiva íntima na qual cresceriam firmemente nos anos vindouros. Era educação para a cidadania.

10 A RELIGIÃO DELAS E NOSSOS CASAMENTOS

Levei muito tempo, como homem, estrangeiro, uma espécie de cristão — acho que isso foi a culpa de tudo — para entender claramente a religião da Terra das Mulheres.

A deificação da maternidade era óbvia, mas havia bem mais além disso, ou, ao menos, do que a minha interpretação inicial.

Acho que apenas após começar a amar Ellador mais do que considerava possível amar alguém, conforme passei a apreciar suas atitudes e estado de espírito, pude vislumbrar a fé dessas mulheres.

Quando perguntei sobre isso, ela tentou primeiramente me explicar, depois, ao ver minha confusão, questionou-me sobre a nossa. Logo percebeu que tínhamos muitas, que variavam imensamente, mas com alguns pontos em comum. Minha Ellador tinha uma mente iluminada e metódica, não somente sensata, mas sagazmente perceptiva.

Ela criou uma espécie de gráfico, sobrepondo as diferentes religiões conforme eu as descrevia, com um alfinete que atravessava todas; a base comum sendo Poder(es) Dominante(s), e um Comportamento Especial, em geral, tabus, a satisfazer ou aplacar. Havia traços comuns em certos grupos de religiões, mas a questão onipresente era este Poder, e as coisas que deveriam ou não ser feitas por conta dele. Não era difícil traçar nosso imagético humano da Força Divina ao longo de estágios sucessivos de deuses sedentos por sangue, sensuais, orgulhosos e cruéis, dos primórdios até a concepção do Pai de Todos e seu corolário de Irmandade.

Isso a agradou muito, e quando elaborei a respeito da Onisciência, Onipotência, Onipresença e assim por diante, de nosso Deus, e a bondade amorosa ensinada por seu Filho, ela ficou muito impressionada.

A história do nascimento de uma Virgem não a assombrou, é claro, mas ela ficou muito confusa com o Sacrifício, e ainda mais pelo Diabo e a teoria da Danação.

Quando, em certo momento inadvertido, mencionei certas seitas que acreditam na danação infantil — e a expliquei —, ela ficou muito tensa.

— Eles acreditam que Deus é Amor... Sabedoria... e Poder?

— Sim... tudo isso.

Ela arregalou os olhos. O rosto ficou pálido.

— E esse mesmo Deus queimaria bebezinhos... por toda a eternidade? — Ela estremeceu subitamente e me deixou, correndo para o templo mais próximo.

Até a menor das aldeias possuía seu próprio templo, e nesses refúgios graciosos ficavam mulheres nobres e sábias, silenciosamente atarefadas até serem requisitadas para fornecer conforto, esclarecimento ou ajuda a quem fosse.

Ellador me contou depois quão facilmente sua dor foi mitigada, e parecia envergonhada por não tê-la resolvido sozinha.

— Entenda, não estamos acostumadas a ideias terríveis — disse ela, voltando, arrependida. — Não temos nenhuma. E quando algo assim entra em nosso cérebro é como... oh, como pimenta nos olhos. Então simplesmente corri para ela, cega e quase gritando, e ela limpou tão rapidamente... tão facilmente!

— Como? — perguntei, muito curioso.

— "Ora, criança abençoada", disse ela, "sua ideia está totalmente errada. Não precisa pensar que esse Deus existe... pois não existe. Ou tal acontecimento... porque não acontece. E nem que essa ideia horrível possa ser concebida por alguém. Mas apenas isto: pessoas extremamente ignorantes acreditam em qualquer coisa... e isso certamente você já sabia." De qualquer modo — continuou Ellador —, ela ficou pálida por um instante quando eu contei.

Foi uma lição para mim. Não era de admirar que essa nação de mulheres fosse pacífica e de expressão doce: não tinham ideias terríveis.

— Certamente tiveram algumas no começo — sugeri.

— Oh, sim, sem dúvida. Mas assim que nossa religião amadureceu, nós as deixamos para trás, é claro.

Por conta disso, dentre outras coisas, fui, enfim, capaz de colocar em palavras:

— Vocês não sentem respeito pelo passado? Pelas ideias e crenças de suas antepassadas?

— Ora, não — respondeu ela. — Por que deveríamos? Elas já se foram. Sabiam menos do que nós. Se não estivermos à frente delas, somos indignas delas... e indignas das crianças depois de nós.

Isso me colocou em reflexão honesta. Eu sempre imaginara — de ouvir falar, suponho — que mulheres eram mais conservadoras por natureza. No entanto, aquelas mulheres, sem a assistência do espírito masculino de iniciativa, haviam ignorado o próprio passado e construído com ousadia para o futuro.

Ellador observou-me a pensar. Ela parecia saber o que se passava na minha mente.

— É porque começamos de um jeito novo, suponho. Todo o nosso povo foi levado embora de uma vez, e então, depois do tempo de desespero, apareceram essas crianças miraculosas... as primeiras. E então todo o nosso sopro de esperança foi pelas filhas *destas*. E elas vieram! Houve o período de orgulho e triunfo até termos ficado numerosas demais; e depois, quando tudo se estabilizou a uma criança por pessoa, começamos, de fato, a trabalhar, torná-las melhores.

— Mas o que isso tem a ver com uma diferença tão radical em sua religião? — quis saber.

Ela disse que não saberia falar sobre a diferença, pois não estava familiarizada com outras religiões, mas a delas parecia simples o suficiente. O grande Espírito Mãe era para elas a mesma coisa que a maternidade — apenas ampliado para além dos limites humanos. Isso significava que sentiam um amor infalível e prestativo a apoiá-las — talvez realmente fosse o amor maternal acumulado pela raça —, como uma forma de Poder.

— E como é sua teoria de adoração? — perguntei.

— Adoração? O que é isso?

Achei algo muito difícil de explicar. O Amor Divino que sentiam com tanta força não parecia exigir nada além do que "nossas próprias mães exigem", disse ela.

— Mas, com certeza, suas mães esperam honra, reverência, obediência. Precisam fazer coisas pelas mães, não?

— Oh, não — negou ela, sorrindo e balançando o cabelo castanho. — Fazemos coisas *a partir* delas... não *para* elas. Não precisamos fazer coisas *para* elas... não precisam disso. Mas precisamos seguir em frente, esplendidamente, por causa delas; e é assim que nos sentimos a respeito de Deus.

Refleti outra vez. Pensei em nosso Deus da Guerra, o Deus Invejoso, o Deus Vingativo. Pensei em nosso pesadelo: o Inferno.

— Suponho então que não há uma teoria de danação eterna.

Ellador riu. Olhos brilhantes como estrelas, e havia lágrimas neles também. Ela se apiedava de mim.

— Como poderíamos? — perguntou. — Não temos punição em vida, entende? Não as imaginamos depois da morte.

— *Nenhuma* punição? Nem para crianças nem criminosas... as criminosas insignificantes que existem? — insisti.

— Você pune uma pessoa por conta de uma perna quebrada ou pela febre? Temos medidas preventivas e curas; às vezes, precisamos "deixar uma paciente de cama", mas não é uma punição... é parte do tratamento — explicou ela. Após meditar a respeito do meu ponto de vista, acrescentou: — Entenda, reconhecemos, na nossa maternidade humana, uma força gentil e edificante, sem limites, paciência e sabedoria, e toda a sutileza do método delicado. Damos crédito a Deus, à nossa ideia de Deus, por tudo isso e mais. Nossas mães não ficam bravas conosco, por que nosso Deus ficaria?

— Deus é uma pessoa para vocês?

Para dar essa resposta, ela precisou pensar um pouco.

— Ora... na tentativa de nos aproximarmos de Deus em nossas mentes, personificamos a ideia, é claro; mas não assumimos que exista uma Grande Mulher em algum lugar, que seja Deus. O que chamamos de Deus é um Poder Permeado, entende? Um Espírito Interno, algo dentro de nós do qual queremos mais. Seu Deus é um Grande Homem? — perguntou inocentemente.

— Ora... sim, para a maioria, creio. Claro que o consideramos um Espírito Interno também, mas insistimos que é Ele, uma Pessoa, e Homem... com barba.

— Barba? Oh, sim... porque vocês a têm! Ou a têm porque Ele tem?

— Pelo contrário: raspamos... pois nos parece mais limpo e confortável.

— Ele usa roupas... nessa sua concepção, quero dizer?

Pensei nas imagens de Deus que já vira — ousadias da mente do homem devoto, representando a Deidade Onipotente como um velho de túnica esvoaçante, cabelo esvoaçante, barba esvoaçante —, e sob a luz daquelas questões totalmente francas e inocentes, o conceito me pareceu bastante insatisfatório.

Expliquei que o Deus do mundo cristão era, na verdade, o antigo Deus hebreu, e simplesmente adotamos a ideia patriarcal que inevitavelmente revestia sua ideia de Deus com os atributos do regente patriarcal: o avô.

— Entendo — disse ela, empolgada, depois que expliquei a gênese e o desenvolvimento de nossos ideais religiosos. — Eles viviam em grupos separados, com um chefe masculino, que era provavelmente um pouco... dominador?

— Sem dúvida — concordei.

— E nós vivemos juntas sem uma "chefe", nesse sentido... apenas nossas líderes escolhidas... *Isso* faz diferença.

— A diferença vai além — assegurei. — Está na maternidade em comum. Suas crianças crescem em um mundo onde todas as amam. A vida é rica e feliz para elas, repleta de amor e sabedoria das mães. Então é fácil pensarem em Deus nos termos de um amor semelhante, difundido e competente. Acho que vocês estão bem mais próximas da razão do que nós.

— O que não consigo compreender — continuou ela cautelosamente — é a preservação dessa mente tão antiga. Essa ideia patriarcal de que me conta tem milhares de anos?

— Ah, sim... quatro, cinco, seis mil, ou mais.

— E, em outras áreas, fizeram grandes progressos?

— Certamente. Mas religião é diferente. Entenda: nossas religiões vêm de antes de nós, iniciadas por um grande mestre já falecido. Ele supostamente entendia tudo e nos ensinou. Tudo que temos a fazer é acreditar... e obedecer.

— Quem era esse grande mestre hebreu?

— Oh... lá era diferente. A religião hebraica é um acúmulo de tradições extremamente antigas, algumas bem mais do que o próprio povo, crescendo ao longo das eras. Consideramos que inspirou... "a Palavra de Deus".

— Como sabem?

— Porque é o que ela diz.

— Diz em quais palavras? Quem escreveu?

Tentei me lembrar do texto que dizia isso, mas não consegui.

— Além disso — continuou ela — o que não consigo entender é por que mantêm essas ideias religiosas por tanto tempo. Mudaram todas as outras, não?

— Em geral, sim — concordei — Mas isso é o que chamamos de "religião revelada", e pensamos ser definitiva. Mas me conte mais sobre esses templos de vocês — pedi. — E sobre as Mães do Templo que as socorrem.

Então ela ofereceu uma lição extensa em religião aplicada, que tentarei resumir.

Elas desenvolveram a teoria central de Poder Amoroso, e assumiram que sua relação com elas era maternal — que ele desejava seu bem-estar, mas principalmente o desenvolvimento. A relação com ele, de forma semelhante, era filial, um apreço amoroso e o cumprimento contente de seus altos propósitos. Então, práticas que são, colocaram suas mentes ativas e entusiásticas para descobrir o tipo de conduta esperado delas. O que gerou um sistema ético admirável. O princípio do Amor era reconhecido — e usado — universalmente.

Paciência, gentileza, cortesia: tudo que chamamos de "boa criação" fazia parte do código de conduta. Mas onde elas nos ultrapassavam era na aplicação do sentimento religioso em todos os campos da vida. Não havia ritual, encenações de "serviço divino", exceto os desfiles religiosos de que já falei, e estes eram tanto educacionais quanto religiosos, e também sociais. Mas havia uma conexão clara estabelecida entre tudo o que faziam e Deus. A limpeza, a saúde, a ordem impecável, a beleza pacífica e rica de todo o território, a felicidade das crianças, e, acima de tudo, o progresso constante — tudo isso era religião.

Aplicaram a mente ao pensamento de Deus, e o resultado foi a teoria de que tal poder interior exigia expressão exterior. Viviam como se Deus fosse real e estivesse na labuta com elas.

E quanto aos pequenos templos por toda a parte: algumas das mulheres eram mais hábeis, com temperamento mais inclinado a isso, do que outras. Aquelas, qualquer que fosse seu ofício, devotavam algumas horas ao Serviço do Templo, o que significava estar lá com todo o seu amor, sua sabedoria e seu pensamento treinado, para acalmar as dificuldades de quem precisasse. Às vezes, era um luto real, muito raramente, uma divergência, na maior parte do tempo, perplexidade; mesmo na Terra das Mulheres, a alma humana tinha horas de escuridão. Mas por todo o país, as melhores e mais sábias estavam prontas para ajudar.

Se a dificuldade fosse profunda, mais do que o normal, a necessitada era direcionada para alguém mais especializada naquela determinada linha de pensamento.

Ali estava uma religião que proporcionava à mente inquisidora uma base racional na vida, o conceito de um Poder Amoroso imenso trabalhando consistentemente através dela na direção do bem. Dava à "alma" a sensação de contato com a força mais íntima, a percepção de um propósito máximo, o qual sempre desejamos. Dava ao "coração" o sentimento abençoado de ser amado, amado e *compreendido*. Dava direcionamentos claros, simples e racionais sobre como devemos viver — e por quê. E quanto ao ritual, oferecia primeiro as demonstrações coletivas triunfantes, quando, em uma união de todas as artes, a combinação vivificante de grandes multidões movia-se em ritmo com marchas e danças, canções e música, em meio às suas mais nobres criações, e entre a beleza a céu aberto de pomares e montes. Além disso, proporcionava esses numerosos pequenos centros de sabedoria onde as menos sábias poderiam encontrar as mais sábias e receber ajuda.

— É lindo! — gritei com entusiasmo. — É a religião mais prática, reconfortante e progressiva de que já ouvi falar. Vocês se *amam...* se *ajudam... entendem* que as criancinhas herdarão o reino dos céus. São mais cristãs do que qualquer povo que já conheci. Mas... e quanto à morte? E a vida para todo o sempre? O que a religião de vocês ensina sobre eternidade?

— Nada — respondeu Ellador. — O que é eternidade?

O quê, de fato? Tentei, pela primeira vez na vida, entender a ideia.

— É... nunca interromper.

— Nunca interromper? — Ela pareceu não compreender.

— Sim, a vida, continuando para sempre.

— Oh... entendemos isso, claro. A vida continua sempre.

— Mas a vida eterna continua *sem a morte.*

— Para a mesma pessoa?

— Sim, a mesma pessoa, sem fim, imortal. — Fiquei contente de ter algo a ensinar a partir da nossa religião, e que a delas não havia proclamado.

— Aqui? — perguntou Ellador. — Nunca morrer... aqui?

— Pude ver a mente prática pensando nos cadáveres e rapidamente assegurei: — Oh, não, não aqui... no além. Aqui, morremos, é claro, mas depois entramos na "vida eterna". A alma vive para sempre.

— Como vocês sabem? — questionou ela.

— Não tentarei provar — continuei apressadamente. — Vamos supor que seja assim. O que você acha da ideia?

Outra vez ela sorriu para mim, aquele sorriso adorável, cheio de covinhas, carinhoso, malicioso e maternal delas.

— Posso ser muito, muito honesta?

— Você não conseguiria ser outra coisa — falei, metade contente, metade temeroso. A honestidade transparente dessas mulheres nunca deixava de me abismar.

— Para mim, é uma ideia estúpida — disse ela calmamente. — E, se for verdade, muito desagradável.

Vejam, eu sempre aceitara a doutrina de imortalidade pessoal como algo estabelecido. Os esforços dos espiritualistas inquisitivos, sempre em busca de atrair os amados fantasmas de volta, nunca me pareceram necessários. Não digo que algum dia discuti com seriedade e coragem o assunto, nem comigo mesmo; simplesmente o assumira como fato. E ali estava a garota que eu amava, a criatura cujo caráter constantemente revelava seu assomo e uma amplitude bem maior que a minha, essa supermulher nesse superpaís, dizendo que considerava a imortalidade imbecil! E falava sério.

— Para que você *quer* uma coisa dessa? — perguntou ela.

— Como pode *não* querer! — protestei. — Quer se apagar como uma vela? Não quer continuar... crescer... e ser feliz... para sempre?

— Ora, não — disse ela. — Nem um pouco. Quero que minha filha... e a filha da minha filha... sigam adiante... e elas vão. Por que *eu*?

— Mas é o Paraíso! — insisti. — Paz, Beleza, Conforto e Amor... com Deus. — Eu nunca tinha sido tão eloquente no assunto religião. Ela poderia se horrorizar com a Danação, e questionar a justiça da Salvação, mas Imortalidade... esta era uma fé nobre.

— Ora, Van — disse ela, esticando as mãos para mim. — Ora, Van... querido! Que esplêndido sentir algo com tanta força. É o que todos queremos, claro: Paz, Beleza, Conforto e Amor... com Deus! E Progresso também. Lembre-se. Crescimento, sempre e sempre. É o que nossa religião nos ensina a querer e pelo que trabalhar, e é como fazemos!

— Mas isto é *aqui* — falei —, apenas nesta vida terrena.

— E? E você, no seu país, com sua bela religião de amor e serviço o tem aqui também... nesta vida... na Terra?

Nenhum de nós estava disposto a contar para as mulheres da Terra das Mulheres sobre os males de nosso amado país. Tudo bem os considerarmos necessários e essenciais, e criticar (estritamente entre nós três) a civilização perfeita demais delas, mas quanto a contar-lhes sobre nossos fracassos e desperdícios... não éramos capazes.

Ademais, procurávamos evitar excesso de discussão, e, em vez disso, pressionar a questão dos casamentos iminentes.

Jeff era o determinado nesta questão.

— É claro que elas não têm nenhuma cerimônia ou rito, mas podemos fazer uma espécie de casamento quacre, no templo... é o mínimo que podemos fazer por elas.

E era. Havia tão pouco, afinal, que podíamos fazer por elas. Ali estávamos, convidados estrangeiros sem um tostão, sem oportunidade alguma de usarmos nossa força e nossa coragem. Nada de que defendê-las ou protegê-las.

— Podemos ao menos dar-lhes nossos nomes — insistiu Jeff.

Elas foram muito gentis quanto a isso, muito dispostas a fazer o que quer que pedíssemos para nos agradar. Quanto aos nomes, Alima, alma franca que era, perguntou de que isso valia.

Terry, sempre a infernizando, disse que era um sinal de possessão.

— Você será a Sra. Nicholson. A Sra. T. O. Nicholson. Isso mostra a todos que é minha esposa.

— E o que exatamente é "esposa"? — quis saber, com um brilho perigoso no olhar.

— Uma esposa é a mulher que pertence a um homem — começou ele.

Mas Jeff completou rapidamente:

— E um marido é o homem que pertence à mulher. É porque somos monogâmicos, entendem? E o casamento é a cerimônia, civil e religiosa, que une os dois... "até que a morte os separe" — finalizou, olhando para Celis com devoção sublime.

— O que nos faz nos sentirmos ridículos — contei-lhes — é que não temos nada a lhes oferecer, exceto, é claro, nossos nomes.

— As mulheres não têm nomes antes de casar? — perguntou Celis repentinamente.

— Ora, sim — explicou Jeff. — O nome de solteira... Ou seja, o nome do pai delas.

— E o que acontece com eles? — quis saber Alima.

— Mudam-no para o do marido, querida — respondeu Terry.

— Mudam? E o marido pega o nome de solteira da esposa?

— Oh, não. — Ele riu. — O homem mantém o próprio nome e também o dá para ela.

— Então ela simplesmente perde o dela e recebe um novo... Que desagradável! Não queremos! — decidiu Alima.

Terry estava bem-humorado.

— Não me importo com o que faça ou deixe de fazer, contanto que casemos logo — disse ele, oferecendo a mão forte e morena para Alima, cuja mão era quase tão forte e morena.

— Quanto a nos dar coisas... Vemos que gostariam disso, mas ficamos felizes por não poderem — continuou Celis.

— Entendam, amamos vocês pelo que são... não gostaríamos que... pagassem algo. Não basta saber que são amados pessoalmente... como homens?

Bastasse ou não, foi assim que casamos. Tivemos uma cerimônia tripla no maior templo de todos, e parecia que toda a nação estava presente. Foi muito solene e muito bonito. Alguém compôs uma música para a ocasião, majestosamente bela, sobre a Nova Esperança para o povo — o Novo Laço entre as nações, Irmandades Masculina e Feminina, e, com reverência evidente, Paternidade.

Terry ficou inquieto com a conversa sobre paternidade.

— Alguém diria que somos Sumo Sacerdotes da... da Fertilidade! — protestou ele. — Essas mulheres *só* pensam em filhos, é o que me parece! Elas vão ver!

Ele tinha tanta certeza sobre o que ensinaria, e Alima tão incerta em sua vontade de aprender, que Jeff e eu temíamos pelo pior. Tentamos alertá-lo — não serviu para nada. O belo rapaz esticou as costas, estufou o peito e riu.

— São três casamentos separados — disse ele. — Não vou interferir no de vocês, nem vocês no meu.

Então chegaram o grande dia, e as incontáveis hostes de mulheres; e nós, três noivos, sem nenhum "padrinho" ou qualquer outro homem para nos apoiar; sentimo-nos estranhamente pequenos ao nos apresentar.

Somel, Zava e Moadine estavam por perto; ficamos gratos por isso, eram como parentes.

Houve uma procissão esplêndida, danças circulares, o novo hino do qual falei, e todo aquele lugar pulsava com sentimentos: a reverência profunda, a esperança doce, a expectativa curiosa por um novo milagre.

— Jamais houve algo assim em nosso país desde que nossa Maternidade começou! — Somel falou baixinho para mim, enquanto assistíamos às marchas simbólicas. — É o começo de uma nova era, entende? Não sabem o quanto significam para nós. Não é apenas a Paternidade, esse maravilhoso parentesco em dupla do qual nada conhecemos, o milagre da união para produzir a vida, mas é Fraternidade. Vocês são o resto do mundo. Vocês nos unem ao seu povo... a todas as nações e povos desconhecidos, que jamais vimos. Queremos conhecê-los, amá-los e ajudá-los... e aprender com eles. Ah! Você nem sabe!

Milhares de vozes se ergueram no clímax elevado do grande Hino à Vida Vindoura. No grande Altar da Maternidade, com sua coroa de frutas e flores, havia um novo, também coroado. Diante da Grande Mais Mãe da Terra e seu círculo de Conselheiras do Grande Templo, diante daquela imensa multidão de mães com semblantes calmos e donzelas de olhar sagrado, surgiram nossas três escolhidas, e nós, os únicos três homens em todo aquele território, demos as mãos a elas e fizemos votos de casamento.

11

NOSSAS DIFICULDADES

Dizemos: "Casamento é uma loteria". E também: "Casamentos são acertados no Céu". Mas o primeiro é mais amplamente aceito que o segundo.

Temos uma teoria bem fundamentada de que é melhor se casar "com alguém da própria classe", e algumas suspeitas enraizadas sobre casamentos internacionais, que parecem persistir por conta das preocupações pelo progresso social, e não das partes interessadas.

Mas nenhuma combinação de raça, cor, casta ou credo jamais foi tão difícil de se estabelecer como a nossa, entre três homens americanos modernos e aquelas três mulheres da Terra das Mulheres.

É fácil falar que deveríamos ter sido francos de antemão. Fomos francos. Conversamos — ao menos, Ellador e eu — a respeito das condições da Grande Aventura, e pensamos ter liberado o caminho adiante. Mas há coisas que supomos garantidas, presumidas de entendimento comum, e sobre as quais ambos os lados podem se referir sem significar a mesma coisa para cada parte.

As diferenças de educação entre o homem e a mulher comuns são bem amplas, mas os problemas que elas causam não costumam afetar os homens — eles geralmente fazem o que bem entendem. A mulher pode ter imaginado diferentes condições para a vida matrimonial, mas o que ela imaginou, o que ela ignorava ou o que pudesse ter preferido não importam realmente.

Posso pensar claramente e escrever calmamente sobre isso agora, após o lapso de anos, anos de amadurecimento e educação, mas à época foi um desafio bastante difícil para todos nós — especialmente para Terry. Pobre Terry! Em qualquer outro casamento imaginável entre pessoas da Terra, não importa se a mulher fosse negra, vermelha, amarela, parda ou branca, ignorante ou educada, submissa ou rebelde, ela teria atrás de si a tradição matrimonial de nossa história geral. Essa tradição conecta a mulher ao homem. Ele continua sua vida e ela se adapta. Mesmo na cidadania, por um truque estranho, a questão de nascimento e geografia é deixada de lado e a mulher automaticamente adquire a nacionalidade do marido.

Bem... ali estávamos nós, três estrangeiros nessa terra de mulheres. Era um território pequeno, e as diferenças externas não eram tão grandes assim. Ainda não entendíamos as diferenças entre a mente racial desse povo e a nossa.

Em primeiro lugar, havia um "rebanho puro" de dois mil anos ininterruptos. Se nós temos longas linhas de pensamento e sentimento, além de uma ampla gama de diferenças, muitas vezes, irreconciliáveis, esse povo era uniforme e concordava na maioria dos princípios básicos de sua vida; não apenas concordavam em princípio, mas se acostumaram ao longo das sessenta e poucas gerações a agir sob esses princípios.

Aqui está uma das coisas que não entendemos, que não levamos em consideração. Nas discussões pré-casamento, uma daquelas queridas moças dizia: "Entendemos isso assim e assado" ou "Pensamos que isso ou aquilo é verdade", e nós, homens, nas nossas profundas convicções sobre o poder do amor, e com visões confortáveis sobre crenças e princípios, imaginávamos ternamente que poderíamos convencê-las do contrário. O que nós pensávamos antes do casamento não era mais importante do que o pensamento de uma jovem inocente. Os fatos foram diferentes.

Não era que não nos amassem; amavam, profunda e calorosamente. Mas aí está outra vez: o que elas queriam dizer com "amor" e o que nós queríamos dizer com "amor" eram coisas muito diferentes.

Talvez pareça muito sangue-frio dizer "nós" e "elas", como se fôssemos não somente casais diferenciados, com alegrias e tristezas variadas, mas nossa posição de estrangeiros nos aproximava constantemente. A experiência estranha como um todo aprofundou nossa amizade de uma maneira impossível em uma vida livre e tranquila em nossa sociedade. E, como homens, com nossa tradição masculina bem mais antiga que dois mil anos, éramos uma unidade, pequena, mas firme, contra essa unidade muito maior de tradição feminina.

Penso ser capaz de deixar claro os pontos de diferença sem explicitude muito dolorosa. O desentendimento mais visível era no campo do "lar", e as tarefas e prazeres que, nós, por instinto e educação, supúnhamos inerentemente apropriadas às mulheres.

Vou ilustrar com duas alegorias, uma, sublime, e outra, terrena, para demonstrar quão desapontados ficamos nessa questão.

Para a mais abaixo: tente imaginar uma formiga macho, em uma existência na qual formigas vivem em pares, em busca de montar um lar com uma fêmea, vinda de um formigueiro muito desenvolvido. A fêmea pode ter muita afeição por ele, mas as ideias dela de família e administração econômica seriam de uma escala muito diferente. É claro, se ela fosse uma fêmea perdida em um país de pares, ele teria conseguido se impor, mas um macho perdido em um formigueiro...!

Para o exemplo mais elevado: tente imaginar um homem devotado e apaixonado tentando construir um lar com um anjo, de asas, harpa e halo, acostumada a completar tarefas divinas por todo o espaço interestelar. Esse anjo pode amar o homem com uma afeição muito além da que ele é capaz de retribuir ou sequer compreender, mas as ideias de serviço e dever seriam de uma escala muito diferente das dele. É claro, se ela fosse um anjo perdido em um país de homens, ele poderia ter conseguido se impor, mas um homem perdido entre os anjos...!

Terry, em sua pior forma, em uma fúria obscura pela qual, como homem, eu deveria ter alguma empatia, preferia a analogia das formigas. Mais a respeito de Terry e seus problemas únicos adiante. Foi difícil para ele.

Jeff... Bem, Jeff sempre teve um lado bom demais para este mundo! Ele é do tipo que teria sido um sacerdote santo em tempos idos. Ele aceitava a teoria angelical, por completo, tentava forçá-la sobre nós — com efeitos variados. Adorava tanto Celis, não somente Celis, mas o que ela representava; tinha ficado tão convencido das vantagens quase sobrenaturais daquele lugar e daquele povo, que se embebia do elixir delas como um... não posso dizer "como um homem"; era mais como se ele não fosse um.

Não me compreenda mal. O velho e querido Jeff não era nenhum bebezão ou afeminado. Era forte, corajoso, eficiente, excelente lutador, quando necessário. Mas ele tinha essa verve angelical. Era impressionante ver Terry, tão diferente, amar tanto o amigo; mas isso acontece mesmo, apesar das diferenças... ou por conta delas.

Quanto a mim, eu ficava no meio-termo. Não era um Lotário vivaz como Terry, nem um Galaaz como Jeff.

Mas, apesar de minhas limitações, penso que tinha o hábito de usar mais o cérebro no que se refere ao comportamento do que aqueles dois. Eu *precisava* usar o cérebro lá, posso afirmar.

A grande questão entre nós e as nossas esposas era, como pode ser facilmente suposto, a própria natureza do relacionamento.

— Esposas! Não me fale de esposas! — urrava Terry. — Elas não sabem o que a palavra significa.

E era isso mesmo: não sabiam. Como poderiam? Nos registros pré-históricos delas, de poligamia e escravidão, não havia os ideais matrimoniais que conhecemos, e desde então, nenhuma possibilidade de se criar algo do tipo.

— A única coisa que podem pensar a respeito de um homem é a *paternidade*! — zombava ele, com sarcasmo. — *Paternidade!* Como se um homem só quisesse ser *pai!*

Nisso ele também tinha razão. Elas tinham a experiência ampla, geral, profunda e rica da maternidade, e a única percepção de valor a respeito da criatura masculina como tal era a Paternidade.

Além disso, é claro, havia toda a questão de amor pessoal, que Jeff descrevia sinceramente como "mais maravilhoso do que o amor das mulheres!".[8] E era mesmo. Não consigo descrever — nem mesmo agora, depois de uma experiência longa e feliz (pelo menos, como me parecia à época, diante

---

[8] Nota do tradutor: 1 Samuel 1:26

do encantamento inicial incomensurável) — a beleza e a força do amor que elas nos ofereceram.

Mesmo Alima — que possuía um temperamento mais intempestivo que as outras duas, e que, só Deus sabe, era mais desafiadora —, mesmo ela era paciência, ternura e sabedoria personificada para o homem que amava, até que ele... ainda não cheguei lá.

As nossas "supostas esposas", como dizia Terry, continuaram com sua profissão de silvicultoras. Nós, sem habilidades especiais, havia muito que éramos qualificados como assistentes. Precisávamos fazer algo que fosse para passar o tempo, e tinha que ser trabalho, não dava para nos divertirmos para sempre.

Isso nos mantinha ao ar livre com nossas garotas queridas, e mais ou menos juntos — às vezes, juntos demais.

Ficara claro para nós que essas pessoas tinham um senso de privacidade intenso e delicado, mas nenhuma noção de *solitude à deux*, que tanto apreciamos. Tinham um hábito de "dois quartos e um banheiro". Desde a infância, cada uma tinha um quarto separado com toalete, e um dos marcos de maturidade era a adição de um cômodo externo no qual receber as amigas.

Os dois cômodos que nos foram dados ficavam em uma casa separada, devido à nossa diferença de sexo e raça. Pareciam reconhecer que teríamos mais liberdade se pudéssemos ficar um pouco solitários.

Para comer, íamos a algum refeitório conveniente, pedíamos uma refeição, sempre de boa qualidade, no quarto, ou a levávamos para um bosque. Acostumamo-nos a tudo isso, e gostávamos, nos nossos dias de cortejo.

Depois do casamento, surgiu uma necessidade um pouco inesperada de casas separadas, sentimento que não ecoava no coração das nossas belas damas.

— *Estamos* sozinhos, querido — Ellador me explicou com paciência gentil. — Ficamos sozinhos nas florestas, podemos comer a sós, pedir uma mesa separada, ou ao menos comer cada um no seu quarto. Como podemos ficar mais solitários?

Era tudo verdade. Havia nossa agradável solidão mútua no trabalho, e nossas conversas noturnas gostosas na casa delas ou na nossa; obtivemos, desse jeito, todos os prazeres da conquista, mas nenhuma sensação do que pode ser chamado... posses.

— É melhor nem se casar, se for assim — resmungava Terry. — Elas só montaram aquela cerimônia para nos agradar... agradar o Jeff. Não sabem o que é casamento.

Esforcei-me para entender o ponto de vista de Ellador, e naturalmente tentei lhe oferecer o meu. Claro, nós, como homens, queríamos mostrar-lhes que havia outros, como dizíamos orgulhosamente, costumes mais "nobres" nesse tipo de relacionamento, além do que Terry chamava de "mera paternidade". Nos termos mais cavalheirescos que pude encontrar, tentei explicar isso para Ellador.

— Algo mais brioso do que o amor mútuo na esperança de conceber a vida? — questionou ela. — Como pode ser maior?

— Desenvolve o amor — expliquei. — Todo o poder do amor acasalado, belo e permanente, surge desse desenvolvimento mais altivo.

— Tem certeza? — perguntou ela ternamente. — Como você sabe que se desenvolve assim? Há pássaros que se amam, de forma que ficam amuados e lamentam quando separados, e nunca formam outro par se um deles morre, mas nunca se acasalam exceto na temporada de acasalamento. Entre o seu povo, encontra-se afeto grande e duradouro proporcional a essa indulgência?

É uma coisa muito estranha, às vezes, ter uma mente lógica.

Claro que eu sabia a respeito desses pássaros e outros animais monogâmicos, que se acasalam por toda a vida e mostram sinais de afeto mútuo, sem nunca expandir o relacionamento sexual para além do necessário. Mas e daí?

— São formas inferiores de vida! — objetei. — Não têm capacidade para fidelidade e afetuosidade, e aparentemente felici... mas, oh, minha querida! minha querida!, o que sabem do tipo de amor que nos une? Ora, tocar você... estar perto de você... cada vez mais e mais... perder-me em você... certamente sente isso também, não?

Aproximei-me. Peguei suas mãos.

Os olhos dela sobre os meus, ternos e radiantes, mas firmes e fortes. Havia algo tão poderoso, imenso e imutável!

naqueles olhos, que eu não poderia arrebatá-la com minha própria emoção, como havia pensado ser o caso.

Senti-me, pode-se imaginar, como um homem que ama a uma deusa... não a Vênus, porém! Ela não se ressentiu de minha atitude, não a repeliu, não a temeu também, é claro. Não havia sombra daquela retirada tímida ou da bela resistência que são tão... provocantes.

— Entenda, meu querido — disse ela —, precisam ter paciência conosco. Não somos como as mulheres do seu país. Somos Mães, somos um Povo, mas não temos experiência nessa questão.

"Nós", "nós" e "nós" — era tão difícil fazê-la falar de individualidade. E, quando pensei nisso, de repente, me lembrei de como sempre criticávamos *nossas* mulheres por *serem* tão individuais.

Então fiz o meu melhor para descrever a alegria doce e intensa de amantes casados, e o resultado de mais estímulo para todo trabalho criativo.

— Você quer dizer — perguntou-me calmamente, como se eu não estivesse segurando suas mãos firmes e frias entre as minhas mãos quentes e trêmulas — que, entre os seus, quando se casam, fazem isso durante e fora da temporada, sem pensar em filhos?

— Sim — respondi, um pouco amargurado. — Não são somente pais e mães. São homens e mulheres, e se amam.

— Por quanto tempo? — perguntou Ellador, de forma inesperada.

— Por quanto tempo? — repeti, um pouco incomodado.

— Ora, enquanto viverem.

— Há algo muito belo nessa ideia — admitiu ela, ainda como se estivesse discutindo vida em Marte. — Essa expressão culminante, a qual, em todas as formas de vida, tem somente um propósito, entre os seus foi especializada para usos mais dignos, puros e nobres. Julgo pelo que me conta, que há um efeito enobrecedor do caráter. As pessoas se casam, não somente pela procriação, mas para essa troca esplêndida, e, como resultado, tem-se um mundo de amantes eternos, ardentes, felizes, mutuamente devotados, sempre no ápice da emoção suprema, a qual pensávamos pertencer somente a um único uso durante uma única temporada. E você me conta que traz outros resultados, estimulando o trabalho criativo superior. Isso deve significar enchentes, oceanos de tais trabalhos, desabrochando a partir dessa felicidade intensa de todo par casado! É uma ideia linda!

Ellador ficou em silêncio, pensativa.

E eu também.

Ela soltou uma das mãos, e acariciou meu cabelo de forma gentil e maternal. Eu inclinei a cabeça acalorada sobre seu ombro e senti uma sensação suave de paz, uma tranquilidade muito agradável.

— Você precisa me levar para lá um dia, querido — continuou ela. — Não apenas porque o amo tanto; quero ver

seu país... sua gente... sua mãe... — Ela parou em reverência.
— Oh, como amarei sua mãe!

Poucas vezes amei — minha experiência não se comparava à de Terry. Mas o que eu já havia experimentado era tão diferente daquilo que fiquei perplexo, e cheio de sentimentos confusos: parte um sentimento crescente de interesses comuns, uma sensação de sossego calmo, que pensara poder ser obtido apenas de uma forma; e parte um ressentimento desnorteador porque o que encontrei não era o que eu buscava.

Era a psicologia frustrante delas! Havia ali esse sistema de educação altamente desenvolvido e tão inculcado nelas que, mesmo que não fossem professoras, tinham uma proficiência geral a respeito; era natural para elas.

E criança alguma, tempestuosamente exigindo um biscoito "entre as refeições", jamais fora tão distraída com um brinquedo de montar do que eu quando percebi uma exigência minha aparentemente imperativa desaparecer despercebida.

E todo aquele tempo os olhos maternos e gentis, olhos sagazes e científicos, observando cada condição e circunstância, e aprendendo como agir num átimo e evitar discussão antes que a ocasião surgisse.

Fui surpreendido pelos resultados. Descobri que muito — realmente muito — do que eu sinceramente pensava ser uma necessidade fisiológica era uma necessidade psicológica — ou assim se acreditava. Descobri, depois que minhas ideias sobre o essencial mudaram, que meus sentimentos haviam se transformado também. E, acima de tudo, descobri — um fator de enorme importância — que essas mulheres não eram provocativas. E isso fez uma diferença imensa.

A característica da qual Terry reclamara ao chegarmos — a falta de "feminilidade" e "charme" delas — havia se tornado um alívio. A beleza vigorosa era um prazer estético, não irritante. As vestimentas e ornamentos não traziam o elemento de provocação.

Mesmo com a minha Ellador, minha esposa, que por um período desvelou o coração feminino e encarou a estranha esperança nova e a alegria do parentesco duplo, após um tempo voltou a ser a boa companheira do início. Eram mulheres, e *mais*, tão mais que quando optavam por não transparecer sua feminilidade, não era possível encontrá-la em lugar algum.

Não digo que era fácil para mim; pois não era. Mas quando apelei para sua simpatia, deparei-me com outra parede irremovível. Ellador sentia muito, de verdade, pelo meu sofrimento, e ofereceu todas as sugestões preocupadas possíveis, em geral, muito úteis, bem como a previdência sábia que acabei de mencionar, que com frequência evitava os problemas; mas a simpatia não alterava suas convicções.

— Se eu considerasse algo realmente certo e necessário, talvez eu pudesse me convencer a fazê-lo, pelo seu bem, querido; mas não quero... nem um pouco. Você não aceita esse tipo de submissão, certo? Não é esse tipo de amor romântico nobre de que falou, é? É uma pena, claro, que precise ajustar suas faculdades altamente especializadas às nossas não especializadas.

Que absurdo! Eu não havia casado com a nação, e expliquei isso. Mas ela apenas sorriu diante das próprias limitações e explicou que pensava na primeira pessoa do plural.

Que absurdo! Ali estava eu, com todas as minhas energias focadas em um desejo, e, antes que me desse conta, ela as havia dissipado para outra direção qualquer, um tema de discussão que começou bem no ponto ao qual eu me referia e terminou a quilômetros de distância.

Não pensem que fui repelido, ignorado, largado para gozar da dor. Nem um pouco. Minha felicidade estava nas mãos de uma feminilidade maior, e mais doce, que eu jamais pudera imaginar. Antes do casamento, meu próprio ardor talvez tenha me cegado para muito disso. Eu estava perdidamente apaixonado não tanto pelo que estava lá, mas pelo que supostamente estava. Depois, descobri um país desconhecido infinitamente belo a ser explorado, e nele a mais doce sabedoria e compreensão. Era como se eu tivesse chegado a um novo lugar, com um novo povo, com desejo de me alimentar de tudo, sem nenhum interesse alheio, e minhas anfitriãs em vez de simplesmente dizerem "não comerás", tivessem incitado em mim um desejo vivo por música, imagens, jogos, exercícios, atividades aquáticas, domínio de uma máquina engenhosa; e na multidão de satisfações, esqueci o ponto em que não estava satisfeito, e tudo deu certo até chegada a hora da refeição.

Um dos truques mais inteligentes e engenhosos só ficou claro para mim anos depois, quando ficamos tão absolutamente conscientes desse assunto que eu apenas pude rir do meu próprio dilema à época. Era isto: conosco, as mulheres são mantidas as mais diferentes e mais femininas possíveis. Nós, homens, temos nosso próprio mundo, de homens apenas; cansamos da ultramasculinidade e nos voltamos, alegremente, para a ultrafeminilidade. E ao manter as mulheres as mais femininas possíveis, deixamos as coisas de tal modo que, quando as buscamos, encontramos o que queremos sempre em evidência. Bem, a atmosfera daquele lugar era tudo, menos sedutora. A própria quantidade dessas humanas, sempre em relação humana, as tornava qualquer coisa menos atraentes. Quando, apesar disso, meus instintos hereditários e tradições raciais me faziam desejar uma reação feminina de Ellador, em vez de se afastar para aguçar meu desejo, ela deliberadamente oferecia um pouco demais de sua sociedade — sempre não feminizada. Era muito cômico, na verdade.

Ali estava eu, com um Ideal em mente, pelo qual eu ansiava ardentemente, e ali estava ela, impondo deliberadamente na superfície da minha consciência um Fato — um fato que me agradava moderadamente, mas que, na verdade, interferia com o que eu queria. Entendo agora com clareza por que certo tipo de homem, como Sir Almroth Wright, se ressente do desenvolvimento profissional das mulheres. Interfere no ideal do sexo; temporariamente recobre e expulsa a feminilidade.

Claro que, nesse caso, estava tão afeiçoado a Ellador, minha amiga, Ellador, minha companheira profissional, que necessariamente me regozijava com a presença dela sob quaisquer termos. Só que... quando eu a tinha comigo em sua capacidade desfeminizada por um período de dezesseis horas seguidas, podia ir para o meu quarto e dormir sem sonhar com ela.

A bruxa! Se alguém jamais se esforçou para atrair, conquistar e prender uma alma humana, foi ela, essa supermulher. À época, não pude compreender nem metade de sua habilidade, de seu fenômeno. Mas isto logo entendi: sob toda a atitude cultivada de mente voltada para mulheres, há um sentimento mais antigo, profundo e "natural" de reverência adormecida que enaltece a Mãe sexual.

Assim crescemos juntos em amizade e alegria, Ellador e eu, e Jeff e Celis.

Quanto ao papel de Terry, e o de Alima, fico penalizado... e envergonhado. Claro que a culpo, parcialmente. Ela não era uma psicóloga tão boa quanto Ellador, e, além disso, penso que tivesse um traço atávico mais realçado de feminilidade, não aparente até Terry provocá-lo. Mas nada disso o escusa. Eu não percebia completamente o caráter do meu amigo — não poderia, sendo homem.

A posição era a mesma, é claro, apenas com essas distinções. Alima, um tom mais provocante, e muitos tons abaixo na capacidade de psicologia prática; Terry, cem vezes mais exigente, e proporcionalmente menos racional.

Logo, as coisas ficaram difíceis entre os dois. Suponho que, no começo, quando estavam juntos, com a grande esperança dela de maternidade, e alegria aguda dele de conquista, Terry foi egoísta. Na verdade, tenho certeza, pelo que ele contou.

— Não me dê sermão — ele ralhou com Jeff um dia, pouco antes do nosso casamento. — Nunca houve uma mulher que não gostasse de ser *dominada*. Todo seu discurso bonito não vale um tostão... eu sei.

Me diverti onde pude.
Aprontei e viajei sem destino no meu tempo,
e
As coisas que aprendi com as amarelas e as negras,
Me ajudaram um bocado com as brancas.[9]

---

[9] Nota do tradutor: Rudyard Kipling, "I've taken y fun where I found it./ I've rogued and I've ranged in my time/ The things that I learned from the yellow and black/ They 'ave helped me a 'eap with the white."

Jeff se virou bruscamente e foi embora. Eu, por minha vez, fiquei um pouco desconcertado.

Pobre Terry! As coisas que ele tinha aprendido não o ajudaram um bocado na Terra das Mulheres. A ideia dele era pegar o que quisesse, pensava que assim funcionaria. Ele pensava, honestamente, que as mulheres gostassem disso. Não as mulheres da Terra das Mulheres! Não Alima!

Me lembro de vê-la, certo dia, na primeira semana de casamento, indo para seu dia de labuta com passos largos e determinados, a boca rígida, próxima de Ellador. Ela não queria ficar a sós com Terry — era nítido.

Mas quanto mais ela se afastava, mais ele a desejava... naturalmente.

Ele fez um tremendo alvoroço a respeito dos quartos separados, tentou mantê-la com ele, ficar no dela. Mas a fronteira estava estabelecida.

Um dia, Terry saiu, pisando duro sobre a rua enluarada, praguejando entre dentes. Eu também caminhava naquela noite, mas com outro estado mental. Ao ouvi-lo vociferar, não era possível crer que amasse Alima — era de se pensar que ela fosse uma presa no encalço, algo a capturar.

Penso que, dadas todas essas diferenças que mencionei, logo perderam o que tinham em comum no começo e se tornaram incapazes de se encontrar com sanidade e razoavelmente. Suponho também — e isso é conjectura pura

— que ele teve sucesso em levar Alima para além do julgamento dela, de sua consciência real, e depois ela tenha ficado envergonhada, e essa reação a deixou amarga. Talvez.

Eles brigavam, a valer, e depois de fazer as pazes algumas vezes, pareciam ter se separado de vez — ela não ficava nem um segundo a sós com ele. E talvez tivesse medo, não sei, mas pediu a Moadine que ficasse a seu lado. Além disso, uma assistente fortona passou a acompanhá-la ao serviço.

Terry tinha ideias próprias, como tentei descrever. Ouso dizer que ele pensava ter o direito de fazer o que fazia. Talvez até tenha tentado convencer a si mesmo de que seria o melhor. Enfim, ele foi até o quarto dela certa noite...

As mulheres da Terra das Mulheres não temiam os homens. Por que deveriam? Não são nem um pouco tímidas. Não são fracas; todas têm corpos fortes e atléticos. Otelo não poderia ter sufocado Alima com um travesseiro, como se ela fosse um rato.

Terry colocou em prática sua convicção mesquinha de que uma mulher adora ser dominada, e, com força bruta, com a paixão e o orgulho de sua masculinidade intensa, tentou dominar aquela mulher.

Não funcionou. Escutei um relato claro de Ellador, mas o que ouvimos no momento foi o barulho de uma luta tremenda, e Alima chamando Moadine, que estava perto e acudiu rapidamente. Outra dupla de mulheres fortes a seguiu.

Terry lutou como um louco; ele as teria matado sem dó — foi o que me contou, depois —, mas não foi capaz. Quando ergueu uma cadeira no ar, uma delas pulou e a alcançou. Duas se jogaram contra ele e o forçaram no chão; em apenas alguns instantes, amarraram-no pelos pés e mãos, e, depois, por pura pena daquela fúria fútil, elas o anestesiaram.

Alima estava cega de raiva. Queria que o matassem.

Houve um julgamento diante da Mais Mãe local, e essa mulher, que não gostava de ser dominada, defendeu seu caso.

Em um julgamento no nosso país, ele teria sido considerado "em seus direitos", é claro. Mas aquele não era nosso país, era o delas. Elas pareciam medir a enormidade da ofensa por conta de seus efeitos sobre uma possível paternidade, e ele zombou até na hora de responder a essa forma de descrição.

Explicou em termos claros que elas não eram capazes de entender as necessidades, desejos e ponto de vista de homens. Chamou-as de assexuadas, epicenas, exangues, castradas. Disse que elas poderiam matá-lo — como também muitos insetos seriam capazes —, e, no entanto, ele continuaria a desprezá-las.

E todas aquelas mães sérias não pareciam se importar nem um pouco com o desprezo dele.

Foi um longo julgamento, e muitos pontos interessantes foram levantados quanto à opinião delas sobre os nossos hábitos, e, depois de um tempo, Terry recebeu a sentença. Ele esperou, severo e desafiador. A sentença foi: "Você deve voltar para casa!"

12

EXPULSOS

Nós quiséramos voltar para casa. De fato, *não* fora nossa intenção — de modo algum — ficar tanto tempo por lá. Mas também não gostamos de ser julgados, dispensados, expulsos por má conduta.

Terry disse que gostou. Exprimiu grande desprezo pelo julgamento e pela pena, bem como por todas as outras características "deste miserável semipaís". Mas ele sabia, assim como nós, que em qualquer país "inteiro" não teríamos sido tratados com tanta piedade.

— Se tivessem vindo nos procurar conforme as direções que deixamos, a história teria sido outra! — comentou. Descobrimos mais tarde que nenhuma expedição chegara porque todas as nossas orientações detalhadas foram destruídas em um incêndio. Podíamos ter morrido ali e ninguém em casa saberia do nosso paradeiro.

Terry ficou sob vigilância, a todo momento, tido como perigoso, sentenciado por um pecado imperdoável.

Ele ria do medo daquelas mulheres.

— Trupe de solteironas! — era como as chamava. — Todas velhas virgens, com filhas ou não. Não sabem nada de Sexo.

Quando Terry dizia *Sexo*, com S, ele queria dizer o gênero masculino, é claro; seus valores especiais, a profunda convicção de ser uma "força vital", a ignorância alegre do verdadeiro processo vital, e a interpretação do outro sexo somente a partir do próprio ponto de vista.

Desde que passei a morar com Ellador, aprendi a enxergar tudo isso de um modo muito diferente; quanto a Jeff, ele estava tão doutrinado pela Terra das Mulheres que não era justo com Terry, aflito diante da nova restrição.

Moadine, séria e forte, tristemente paciente como qualquer mãe com um filho degenerado, mantinha vigília firme sobre ele, com mulheres disponíveis para evitar uma fuga. Ele não tinha armas, e bem sabia que toda a sua força era de pouca serventia contra aquelas mulheres quietas e severas.

Podíamos visitá-lo à vontade, mas ele se limitava ao próprio quarto e a um pequeno jardim murado. Enquanto isso, os preparativos para a nossa partida estavam em curso.

Íamos embora em três: Terry, obrigado; eu, pela segurança do voo e da longa viagem de barco até a costa; Ellador, pois ela não permitia que eu fosse sem sua presença.

Se Jeff tivesse escolhido voltar, Celis teria ido também — eram os amantes mais dedicados —, mas Jeff não quis.

— Por que eu voltaria para todo o nosso barulho e sujeira, nossos vícios e crimes, nossas doenças e degeneração?

— perguntou-me em particular. Não conversávamos assim diante das mulheres. — Eu não levaria Celis para lá por nada neste mundo! Ela morreria. Morreria de medo e vergonha ao ver nossos cortiços e hospitais. Como pode arriscar com Ellador? Melhor contar a verdade para ela, com cuidado, antes que ela se decida.

Jeff tinha razão. Eu deveria ter revelado mais, todas as coisas de que nos envergonhávamos. Mas era muito difícil atravessar o abismo de diferença entre nossas vidas. Eu tentei.

— Escute, minha querida, se vai mesmo ao meu país comigo, precisa se preparar para muitos choques. Não é tão bonito quanto este... as cidades, quero dizer, as regiões civilizadas... Claro que a natureza o é.

— Eu vou gostar de tudo — respondeu ela, com olhos cheios de esperança. — Entendo que não seja como o nosso. Vejo como nossa vida tranquila pode parecer monótona. Como a de vocês deve ser bem mais empolgante. Deve ser como a mudança biológica de que me falou quando o segundo sexo foi introduzido: mais movimento, mudanças constantes, novas possibilidades de crescimento.

Eu havia lhe contado sobre as mais recentes teorias biológicas do sexo, e ela ficara profundamente convencida das vantagens superiores de termos os dois gêneros, da superioridade de um mundo com homens.

— Fizemos aquilo de que fomos capazes sozinhas; talvez algumas coisas aqui sejam melhores, discretamente, mas vocês têm o mundo todo... todas as pessoas de diferentes nações... toda uma longa e rica história... todo o novo conhecimento maravilhoso. Oh, mal posso esperar para ver!

O que eu poderia fazer? Falei de todas as maneiras sobre nossos problemas mal resolvidos, nossa desonestidade e corrupção, vício e crime, doença e loucura, prisões e hospitais; e nada a impressionou, era como contar a um ilhéu do Pacífico Sul sobre a temperatura no Círculo Polar. Ela entendia intelectualmente que ter essas coisas era algo ruim, mas não o *sentia*.

Aceitáramos facilmente a vida na Terra das Mulheres como normal, pois era normal — não podemos nos indignar diante da saúde, da paz e da indústria afortunada. E o anormal, ao qual estamos infelizmente acostumados, ela nunca vira.

As duas coisas pelas quais mais ansiava eram a bela relação matrimonial e as amáveis mulheres que eram apenas mães e nada mais; além disso, sua mente sagaz e ativa tinha fome de vida.

— Estou quase tão ansiosa quanto você — insistia ela —, e você deve estar desesperadamente saudoso.

Assegurei-lhe que ninguém ficaria saudoso em um paraíso como o delas, mas ela não acreditava.

— Oh, sim... sei. É como aquelas ilhotas tropicais de que me contou, com mar azul como uma pedra preciosa... Mal posso esperar para ver o mar! A pequena ilha pode ser um perfeito jardim, mas sempre se quer voltar para o seu grande país, não? Mesmo se for ruim em certos aspectos?

Ellador estava mais que disposta. Mas quanto mais nossa partida se aproximava, e a necessidade de levá-la à "civilização", depois daquela paz e daquela beleza imaculadas, mais eu receava, mais tentava explicar.

Claro que, no começo, quando éramos prisioneiros, e antes de ter Ellador, eu sentira saudades de casa. E claro que, a princípio, idealizara meu país e seus costumes, ao descrevê-lo. Também aceitara certos males como parte integrante da nossa civilização, e nunca me mortifiquei a respeito. Mesmo quando eu tentava contar-lhe sobre o pior, esquecia-me de algumas coisas — as quais a impressionaram de imediato, quando se deparou com elas, um efeito nunca sentido em mim. Nos meus esforços de explanação, comecei a ver os dois modos de forma mais clara: os defeitos dolorosos de minha própria nação, e os feitos maravilhosos da outra.

Dando falta dos homens, nós três visitantes sentimos falta, naturalmente, de uma parte importante da vida, e supomos que, inconscientemente, elas também sentiam. Demorei a perceber — Terry nunca conseguiu — quão pouco nós significávamos para elas. Quando dizemos *homens, homem, masculino, masculinidade,* e todos os seus derivados, temos em mente um mundo enorme e populoso, e todas as suas atividades. Crescer e "se tornar um homem", "agir como um homem" — o significado e as conotações são amplos de fato. Esse grande contexto é repleto de colunas de homens em marcha, de fileiras mutantes de homens, de longas procissões de homens; homens conduzindo navios em mares novos, explorando montanhas desconhecidas, domando cavalos, arrebanhando gado, arando, semeando e colhendo, labutando na forja e na fornalha, cavando a mina, erguendo estradas, pontes e catedrais altas, negociando, lecionando em todas as universidades, pregando nas igrejas; homens por toda parte, fazendo tudo — "o mundo".

E quando dizemos *mulheres*, pensamos em *fêmeas* — o gênero.

Mas para aquelas mulheres, na extensão ininterrupta de dois mil anos de civilização feminina, a palavra *mulher* evocava esse amplo contexto, em todo o seu desenvolvimento social; e a palavra *homem* significava para elas apenas *macho* — o gênero.

Claro que podíamos *contar* que em nosso mundo os homens faziam tudo; mas isso não alterava o contexto na mente delas. Que esse homem, "o macho", fizesse todas essas coisas, era uma declaração, não mudava o ponto de vista delas como não alterou o nosso quando nos deparamos com o fato impressionante — para nós — de que, na Terra das Mulheres, as mulheres eram "o mundo".

Morávamos ali havia mais de um ano. Aprendêramos a história limitada, com suas linhas retas, definidas e ascendentes, cada vez mais altas e cada vez mais rápidas na direção do conforto perfeito da presente vida. Aprendêramos um pouco sobre sua psicologia, um campo muito mais amplo que a história, mas nesse ponto não fôramos capazes de acompanhá-las tão facilmente. Já estávamos acostumados a enxergar mulheres não como fêmeas, mas como pessoas; pessoas de todos os tipos, fazendo todo tipo de trabalho.

A contravenção de Terry, e a forte reação contrária, ofereceu-nos uma nova luz para aquela feminilidade genuína. Pude entender com grande clareza por conta de Ellador e Somel. O sentimento era o mesmo: repugnância nauseada e horror, tal como se sentiriam diante de uma assombrosa blasfêmia.

Na mente delas, essa ideia não existia, pois não sabiam nada da indulgência matrimonial. Para elas, a maternidade, o mais importante propósito, reinava havia tanto tempo como a lei da vida, e a contribuição do pai, embora conhecida, era tão distintamente outro método para o mesmo fim, que não eram capazes, mesmo com o maior dos esforços, de entender o ponto de vista da criatura masculina, cujos desejos ignoravam a paternidade e buscavam apenas o eufemismo do termo "prazeres do amor".

Quando tentei explicar a Ellador que as mulheres também sentiam o mesmo entre nós, ela se afastou de mim, tentando compreender intelectualmente o que não era capaz de conceber.

— Quer dizer que... entre os seus... o amor entre homem e mulher se expressa dessa forma... sem preocupação com a maternidade? A parentagem, quero dizer — acrescentou com cuidado.

— Sim, certamente. Pensamos no amor... no amor profundo e doce entre os dois. Claro que queremos filhos, e eles vêm... mas não é no que pensamos.

— Mas... mas... parece tão antinatural — redarguiu ela. — Nenhuma das criaturas que conhecemos faz isso. Outros animais o fazem... no seu país?

— Não somos animais! — retruquei com certa veemência. — Ao menos, somos algo mais... algo superior. É uma relação bem mais nobre e bela, como já expliquei. Sua visão nos parece bastante... como posso dizer? Prática? Prosaica? Apenas um meio para um fim! Conosco... oh, minha querida garota... não entende? Não sente? É a consumação do amor mútuo! A última, mais doce e mais importante.

Ela ficou visivelmente impressionada. Tremeu em meus braços quando a abracei e a beijei, esfomeado. Mas apareceu em seus olhos aquele olhar que já conhecia tão bem, remoto e límpido, como se ela se distanciasse, embora eu segurasse seu corpo tão próximo ao meu, e estivesse no alto de uma montanha nevada me olhando abaixo.

— Eu sinto muito bem — disse ela. — E sinto profunda simpatia pelo que você sente, claramente com mais força. Mas o que eu sinto, e mesmo o que você sente, não me convence de que seja o certo. Até que eu tenha certeza, não posso cumprir seu desejo.

Ellador, nesses momentos, sempre lembrava a Epiteto. "Eu o trancarei na prisão!", disse seu senhor. "Trancará meu corpo, quer dizer", retrucou Epiteto calmamente. "Eu cortarei sua cabeça", disse o senhor. "Eu falei que minha cabeça não poderia ser cortada?" Pessoa difícil, esse Epiteto.

Que milagre é esse que uma mulher, mesmo em seus braços, pode se recolher, desaparecer totalmente, até que se torne inacessível como um penhasco?

— Seja paciente comigo, meu querido — pediu ela com doçura. — Sei que é difícil para você. E começo a entender... um pouco... por que Terry foi impulsionado ao crime.

— Oh, convenhamos, essa é uma palavra muito dura. Afinal, Alima era esposa dele, você sabe — ralhei, sentindo naquele momento uma explosão súbita de empatia pelo pobre Terry. Para um homem com o temperamento, e hábitos, dele, deve ter sido uma situação insuportável.

Mas Ellador, apesar de toda a sua abrangência intelectual, e expansiva empatia ensinada pela religião, não permitia o que — para ela — era uma brutalidade sacrílega.

Ficara mais difícil explicar, porque nós três, em nossas constantes conversas e palestras sobre o restante do mundo, evitávamos o lado infame; não por conta de um desejo de enganar, mas por querer apresentar o melhor lado da nossa civilização, diante da beleza e do conforto da terra delas.

Além disso, pensávamos mesmo que algumas coisas estavam corretas, ou que, pelo menos, eram inescapáveis, mas logo percebíamos a repugnância que geraria e evitávamos discuti-las. Havia muito na vida de nosso mundo que nós, acostumados, não dávamos conta de que seriam dignas de menção. Além disso, essas mulheres tinham uma inocência colossal, perante a qual muitas coisas que mencionamos passaram incólumes.

Digo isso explicitamente, pois demonstra a impressão inesperada e forte que nossa civilização provocou nela.

Ela pediu minha paciência, e eu fui paciente. Veja, eu a amava tanto que mesmo com as restrições firmemente estabelecidas por ela, estava muito feliz. Estávamos enamorados, e certamente há muito prazer nisso.

Não pensem que essas jovens mulheres refutaram o que chamaram de "a Grande Nova Esperança" por completo, ou seja, da dupla parentela. Pois tinham concordado em se casar conosco por isso, embora a parte do casamento tenha sido uma concessão aos nossos preconceitos, não aos delas. Para elas, o processo era o sagrado — e pretendiam mantê-lo assim.

Mas até então apenas Celis, com olhos azuis nadando em lágrimas felizes, o coração enlevado pela onda da raça maternal que era a suprema paixão delas, pôde, com alegria inefável e orgulho anunciar que seria mãe. "A Nova Maternidade" como a chamavam, e o país todo ficou sabendo. Não havia prazer, serviço ou honra em todo o território ao qual Celis não tivesse direito. Quase como a reverência palpitante com a qual, dois mil anos antes, aquele grupo minguante de mulheres havia presenciado o milagre do nascimento virgem, era o assombro profundo e a expectativa calorosa com os quais receberam esse novo milagre de união.

Todas as mães naquela terra eram sagradas. Para elas, por muitas eras, a chegada à maternidade era feita com o amor e o desejo mais intensos e requintados, com o Supremo Desejo, a exigência poderosa por uma criança. Todos os pensamentos conectados com o processo da maternidade eram públicos, simples e sagrados. Cada mulher dentre elas colocava a maternidade não somente como a tarefa mais elevada, mas tão elevada que era como se não houvesse outras, poder-se-ia dizer. Todo o amor mútuo e irrestrito, todo o relacionamento sutil entre amizade e serviço, a necessidade de pensamento e invenção progressivos, a mais profunda emoção religiosa, cada sentimento e cada ato estava relacionado a este Poder central, o Rio da Vida fluindo por meio delas, que as tornava as portadoras do próprio Espírito de Deus.

Fui aprendendo sobre isso cada vez mais — a partir de livros e conversas, principalmente com Ellador. A princípio, por um momento, ela sentiu inveja da amiga — um pensamento que baniu de uma vez para todo o sempre.

— É melhor — contou-me —, bem melhor que não tenha acontecido comigo ainda... conosco, quero dizer. Pois eu vou com você para o seu país, podemos ter "aventuras na terra e no mar", como dizem — e dizíamos mesmo —, e pode não ser completamente seguro para um bebê. Então não tentaremos outra vez, querido, antes que seja seguro, não é?

Era difícil um marido amoroso concordar com isso.

— A não ser que — continuou ela — se um estiver a caminho, você me deixe para trás. Você pode voltar, sabe? E eu terei a criança.

Então aquele ciúme masculino profundo e antigo, até mesmo da própria prole, tocou meu coração.

— Prefiro ter você, Ellador, do que todos os filhos do mundo. Prefiro ter você comigo, nos seus termos, do que não ter.

Que estupidez tamanha. Claro que sim! Pois se ela não estivesse lá eu a quereria e não a teria. Mas se viesse junto, como uma espécie de irmã sublime — mas obviamente muito mais próxima e calorosa, claro —, por que eu deveria ter tudo dela menos aquela única coisa? E eu começava a considerar a amizade, a camaradagem, a afeição fraternal, o amor sincero e perfeito de Ellador — não menos profundos, apesar da linha firme de reserva — suficientes para uma vida feliz.

Acho muito difícil descrever o que essa mulher era para mim. Falamos boas coisas das mulheres, mas no fundo do coração sabemos que, em sua maioria, são seres muito limitados. Honramos seus poderes funcionais, embora os desonremos pelo uso que fazemos deles, honramos sua virtude cuidadosamente imposta, mesmo enquanto por nossa própria conduta a desprezamos; valorizamo-las, sinceramente, pelas atividades maternais distorcidas que fazem das esposas as mais acessíveis servas, presas a nós pela vida, com o pagamento totalmente decidido por nós, todas as suas atividades, além das temporárias desta maternidade, visando nossas demandas. Oh, como as valorizamos, sim, "no lugar delas", que é o lar, onde executam uma variedade de tarefas tão habilmente descritas pela Sra. Josephine Dodge Daskam Bacon,[10] nas quais, os serviços de uma "senhora" são minuciosamente especificados. Ela é uma escritora muito eloquente, a Sra. J. D. D. Bacon, e entende do assunto — de acordo com seu ponto de vista. Mas... essa combinação de indústrias, embora conveniente, e de certa forma econômica, não desperta emoção semelhante às das habitantes da Terra das Mulheres. Estas precisavam ser amadas de baixo para cima, muito acima. Não eram animais de estimação. Não eram servas. Não eram tímidas, inexperientes, fracas.

Após me recuperar do dano ao meu orgulho (que Jeff, acredito realmente, nunca sentiu, pois nascera para

---

[10] Nota do editor: Nascida em 1876 e uma das pioneiras das bandeirantes, Josephine Bacon ficou conhecida na literatura por suas protagonistas femininas.

idolatrar, e do qual Terry nunca se recuperou, pois tinha muita certeza a respeito de suas ideias sobre a "posição das mulheres"), descobri que amar "de baixo para cima" era uma sensação muito boa, afinal. Produzia em mim uma impressão diferente, bem lá no fundo, como se remexesse uma consciência vaga e pré-histórica, o sentimento de que, de certa forma, elas estivessem certas — era assim que deveríamos sentir. Era como... voltar ao lar para a mãe. Não quero dizer a mãe de avental assando biscoitos, a pessoa atarefada que cuida de você e o mima, e que não o conhece de verdade. Quero dizer o sentimento que uma criança muito pequena sentiria, depois de ter estado perdida — por muito tempo. A sensação de voltar ao lar; se limpar e descansar; de segurança com liberdade; de amor constante, quente como a luz do sol em maio, não como um forno ou um edredom recheado de penas — um amor que não irrita nem sufoca.

Olhei para Ellador como se nunca a tivesse visto.

— Se você não for — falei —, levarei Terry até a costa e depois voltarei sozinho. Você pode me jogar uma corda. E se for... ora, abençoada mulher-maravilha, prefiro passar o resto da vida com você ... desse modo... a ter qualquer outra mulher, quantas sejam, e fazer o que bem entender com elas. Você vem?

Ela estava disposta a ir. Então os planos seguiram. Ellador gostaria de ter esperado pela Maravilha de Celis, mas Terry não. Estava louco para se livrar daquilo. Dizia estar enojado dessa infinita história de mãe-maternal-maternidade. Não penso que Terry tivesse bem desenvolvido o que os frenologistas chamam de "protuberância da filoprogenitividade".

— Aleijadas, mórbidas, incapazes — ele as chamava, mesmo quando de sua janela podia vê-las em seu esplêndido vigor e beleza; mesmo quando Moadine, paciente e amigável, como se nunca tivesse ajudado Alima a segurá-lo e prendê-lo, sentava-se no quarto dele, uma visão de sabedoria e força serena. — Assexuadas, epicenas, inférteis, subdesenvolvidas! — continuava amargamente. Soava como Sir Almroth Wright.

Bem... era difícil. Ele estava perdidamente apaixonado por Alima, de verdade; mais do que antes, e o cortejo tempestuoso, as brigas e reconciliações tinham fustigado a chama. E quando ele foi atrás da conquista suprema, tão natural para esse tipo de homem, forçá-la a amá-lo como a um senhor, e recebeu em troca o domínio físico de uma mulher atlética e furiosa, com auxílio das amigas, não é de estranhar que se enfurecesse.

Pensando bem, não me recordo de caso semelhante em toda a história da ficção. Mulheres já se mataram para não se submeter ao escândalo; já mataram o perpetrador; já fugiram; já se submeteram — às vezes, parecendo se dar muito bem com o conquistador depois do ocorrido. Havia aquela aventura de Sexto Tarquínio, por exemplo, que "encontrou Lucrécia no tear, sob a luz noturna". Ele a ameaçou, de acordo com o que me lembro, dizendo que se ela não se submetesse a ele, ele a mataria, mataria um escravo, o colocaria ao lado dela e diria que o encontrara lá. Uma estratégia tola, sempre pensei. Se o Sr. Lucrécio perguntasse como ele tinha ido parar no quarto da esposa, sem se preocupar com a moralidade dela, o que teria dito? Mas o ponto é que Lucrécia se submeteu, e Alima não.

— Ela me chutou — confidenciou o prisioneiro amargurado (ele precisava conversar com alguém). — Eu me contorci de dor, é claro, e ela me segurou e gritou, chamando a velha harpia — Moadine não estava perto quando ele fez este relato —, e rapidamente me amarraram. Acho que Alima teria conseguido sozinha — acrescentou ele com admiração relutante. — Ela é forte como um cavalo. E, claro, um homem fica incapacitado quando é atingido naquele lugar. Nenhuma mulher com um mínimo de decência...

Eu tive que rir diante disso, e até Terry cedeu, amargamente. Ele não era predisposto à razão, mas percebia que um golpe assim significava decência.

— Eu daria um ano de minha vida para ficar a sós com ela outra vez — falou lentamente, as mãos fechadas até que as juntas se esbranquiçassem.

Mas nunca teve a oportunidade. Ela abandonou aquela região do país, indo para a floresta de pinheiros nas colinas altas, e permaneceu lá. Antes de partirmos, estava desesperado para vê-la, mas ela não veio e ele não tinha permissão para ir. Elas ficavam de olho nele feito linces. (Será que as fêmeas de linces são melhores guardiãs do que gatas rateiras? É de se pensar!)

Bem... precisávamos preparar o avião, e garantir combustível suficiente, embora Terry afirmasse que poderíamos planar até o lago depois de dada a ignição. Teríamos ido em uma semana, sem problemas, mas havia muito a se fazer por todo o país devido à partida de Ellador. Ela precisava passar por entrevistas com as principais eticistas — mulheres sábias com olhos tranquilos — e as melhores professoras. Havia um rebuliço, uma emoção, agitação profunda por toda parte.

Nossas lições a respeito do mundo provocaram nelas uma sensação de isolamento, de afastamento, de serem uma pequena amostra remota de país, subestimado e esquecido dentre a família de nações. Chamamos de "família de nações" e elas apreciaram o termo.

Estavam profundamente estimuladas com o assunto da evolução; de fato, todo o campo da ciência natural as atraía irresistivelmente. Muitas teriam arriscado tudo para ir até terras estranhas e desconhecidas, para estudar, mas podíamos levar apenas uma, e teria de ser Ellador, naturalmente.

Planejamos extensivamente nosso retorno: estabelecer uma rota conectora pela água, penetrar as vastas florestas e civilizar — ou exterminar — os perigosos selvagens. Isto é. nós, homens, conversamos sobre o último tópico — não com as mulheres. Elas expressavam uma aversão definitiva a matar.

Porém, nesse meio-tempo, reunia-se um conselho com as mais sábias entre elas. As estudantes e pensadoras — que por todo esse tempo recolheram fatos sobre nós, cotejando-o, relacionando-os e fazendo inferências — apresentaram o resultado desse trabalho diante do conselho.

Não pensávamos que nossos esforços cuidadosos de acobertamento tivessem sido tão óbvios; nunca ouvimos uma palavra que os denunciasse. Elas acompanharam o que dissemos sobre ciência óptica, perguntaram questões inocentes sobre óculos e semelhantes, e dessa forma detectaram os problemas de visão comuns entre nós.

De forma sutil, mulheres variadas fazendo perguntas variadas em momentos variados, reunindo nossas respostas como um quebra-cabeça, montaram uma espécie de quadro sobre a prevalência da doença no nosso povo. Ainda mais sutilmente, sem show de horrores ou condenações, concluíram algo — longe da verdade, mas bem claro — sobre pobreza, vícios e crimes. E até listaram um bom número de nossos perigos coletados a partir de perguntas sobre seguro e outras coisas inocentes assim.

Estavam bem informadas a respeito das diferentes raças, começando pelos nativos com lanças envenenadas ali embaixo e se ampliando para as divisões raciais amplas sobre as quais lhes contamos. Nenhuma expressão chocada ou de revolta nos avisara; extraíram informações sem nosso conhecimento, por todo esse tempo, e então estudaram com devoção sincera o material preparado.

O resultado foi inquietante para nós. Primeiro, explicaram o assunto extensamente para Ellador, a mulher destacada para a visita ao Resto do Mundo. Para Celis, nada contaram. Ela não podia ser incomodada de nenhuma forma enquanto toda a nação esperava por seu Grande Trabalho.

Por fim, Jeff e eu fomos convocados. Somel e Zava estavam presentes, além de Ellador, e muitas outras nossas conhecidas.

Elas dispunham de um globo enorme, bem mapeado a partir das pequenas seções de mapas do nosso compêndio. Havia um esboço delineado dos diferentes povos do mundo, e estava indicado o estado civilizatório de cada um. Fizeram gráficos, dados e estimativas, todos baseados nos fatos presentes naquele livreto traidor e no que extraíram de nós.

Somel explicou:

— Percebemos que em todo o seu período histórico, bem mais extenso que o nosso, com toda a interação de serviços, troca de invenções e descobertas, e o maravilhoso progresso que tanto admiramos, que nesse seu grande Outro Mundo, ainda há muita doença, frequentemente contagiosa.

Admitimos de imediato.

— Ainda há, também, em graus variados, ignorância, com preconceito e paixão desenfreada.

Isso também admitimos.

— Também notamos que apesar do avanço democrático e aumento da riqueza, ainda há agitação e, às vezes, combate.

Sim, sim, admitimos tudo. Estávamos acostumados a tudo isso e não víamos motivo para tanta seriedade.

— Após considerarmos tudo — falaram (e não haviam mencionado nem um centésimo de tudo que consideraram) —, não estamos dispostas a expor nosso país a uma comunicação livre com o resto do mundo... por enquanto. Se Ellador voltar, e aprovarmos o relatório dela, poderemos fazê-lo depois... por enquanto, não. Então precisamos pedir aos cavalheiros — elas sabiam que essa palavra era um título de honra entre nós — que prometam não revelar o local deste país até obterem permissão. Após o retorno de Ellador.

Jeff não se opôs. Ele pensava que elas tinham total razão. Sempre pensara assim. Nunca vi um estrangeiro se naturalizar tão rapidamente quanto aquele homem na Terra das Mulheres.

Eu analisei a questão por um tempo, pensando no que elas enfrentariam se uma das nossas infecções se espalhasse por ali, e concluí que tinham razão. Assim, concordei.

Terry foi o obstáculo.

— Claro que não! — protestou ele. — A primeira coisa que vou fazer é organizar uma expedição para forçar a entrada na Terra das Mamães.

— Então — disseram elas calmamente — ele deve permanecer prisioneiro, para sempre.

— A anestesia seria mais benévola — atalhou Moadine.

— E mais segura — acrescentou Zava.

— Ele também concordará, creio — disse Ellador.

E ele concordou. Após tal compromisso, por fim, deixamos a Terra das Mulheres.

A primeira edição deste livro foi publicada em maio de 2018,
ano em que se celebram 28 anos da fundação da Rosa dos Tempos,
a primeira editora feminista brasileira.

Este livro foi composto nas tipologias Benguiat Got Bk BT,
Isabella Std, Yana, e impresso em papel offwhite, no Sistema
Cameron da Divisão Gráfica da Distribuidora Record.